JE SUIS NÉ
AVEC DU SABLE
DANS LES YEUX

MANO DAYAK
écrit avec la collaboration de Louis Valentin

JE SUIS NÉ AVEC DU SABLE DANS LES YEUX

document

FIXOT

ISBN 2-87645-213-8

Note de l'éditeur

Pendant des années, à chaque rencontre avec celui qui était devenu un ami, j'ai mis l'obstination de l'éditeur à lui arracher des morceaux de sa vie pour qu'il nous la raconte, pour qu'il en fasse son livre. Ce livre, il a mis deux ans à l'écrire avec l'aide de Louis Valentin — et puis il est parti rejoindre ses frères touaregs dans l'Aïr pour mener le combat qui était le sien.

Il m'appelait souvent de son téléphone incertain en me promettant la fin de l'histoire. « Tu verras, ce sera plus beau avec la paix. » La fin de l'histoire, c'est Judith qui me l'a apprise : « Tu sais, Mano est mort. »

J'ai alors décidé, avec l'accord d'Odile, sa femme, et de leurs enfants, de publier le livre inachevé.

J'ai demandé à ses plus proches amis d'évoquer sa mémoire au travers de quelques souvenirs. Mais Mano avait tant d'amis, qui avaient tant de choses à dire, qu'il était impossible de tous les publier. Que ceux qui aimaient Mano et qui ne sont pas dans ce livre me pardonnent.

« Tu verras, ce sera plus beau avec la paix. » Que ton Dieu t'entende, Mano.

BERNARD FIXOT

« Mano souhaitait dédier ce livre à sa mère, Laggo, à ses frères et sœurs, Rhalla, Feltou, Raïcha, Eddoua, Rhamer et Tahédag, à ses fils Mawli et Madani, et au "plus bel oued de l'Aïr, Tidène", que ce récit leur permette de mieux comprendre la voie qu'il s'était tracée. Malgré le déchirement de la séparation, il faut continuer à croire à la paix, à la réconciliation et à la construction d'un monde plus juste. »

« Écartez vos tentes, rapprochez vos cœurs. »

ODILE DAYAK

Janvier 1996

1

Je suis né avec du sable dans les yeux.

Ce jour-là, le *tezakey*, le vent de sables, barrait l'horizon d'un mur sombre et rougeâtre, et les animaux, dos au vent, se serraient, silencieux, autour des tentes de campement.

C'était à Tidène, au cœur des montagnes de l'Aïr, au début de la saison des pluies. Les hommes, accroupis derrières les nattes de palmier doum, avaient remonté leur voile très haut sur le visage. Eux aussi se taisaient.

Assis au milieu de ces hommes, mon père évitait de croiser les regards. Yeux mi-clos, il fixait, sans le voir, le troupeau de chameaux baraqués derrière la clôture de branches d'acacia.

À ceux qui, cette année, lui demandaient des nouvelles des siens, il répondait : « Tella n'yet. »

« Tella n'yet » : « ma femme est enceinte » ou plus exactement « ma femme a l'esprit ». La plus noble des confidences.

D'une minute à l'autre, il allait être père d'un septième enfant. Sept, le chiffre magique, le chiffre que l'on prononce si l'on veut éviter la colère des djinns, des ogres et des démons.

Dans une tente, à l'écart, assistée par une vieille cousine, ma mère agrippait à pleines mains les arceaux soutenant le toit de palmes. Malgré les douleurs, elle s'efforçait de sourire. L'enfant de la femme qui accouche dans la félicité ne peut être la victime des mauvais génies.

Ma mère m'a fait des centaines de fois le récit de ce jour où je vins au monde. Avec des mots pleins d'images, elle m'a raconté l'instant où sa vieille cousine a arraché le couteau planté dans le sable brûlant qui aseptise le métal et coupé le cordon pour me permettre de pousser mon premier cri au vent du désert.

— Lorsque tu es sorti de mon cœur, la princesse Tâtrit-tan-toufât* jetait mille feux comme la lame d'une épée dans le creuset du forgeron. Elle disait : « Mano, le miel se cache sous ta langue mais ne quitte jamais le désert car le désert purifie l'âme... Loin de lui, tu es sourd et aveugle... »

Ainsi parlent les mères touarègues. Par décence, elles enveloppent leurs inquiétudes dans des allégories. Un pouvoir qui les fait poètes et souveraines.

Je suis le dernier enfant de la famille et je crois que ma mère s'est beaucoup plus inquiétée de mon sort que de celui de mes trois frères et de mes trois sœurs : Feltou, Eddoua, Rhamer, Rhalla, Raïcha et Tahédag.

---

* C'est ainsi que les Touaregs appellent l'« Étoile du soir ».

Pourtant, elle n'a jamais su la date exacte de ma naissance.

— Tu es né entre l'année de la grande sécheresse et celle de la grande invasion des criquets.

Sans doute en 1950.

Cela importe peu. Les jours, les mois et les années n'ont aucune valeur. Seules comptent les heures de la journée : *Dinidj Alwaq,* qui précède le lever du soleil, instant magique où le désert semble suspendre toute vie et tout mouvement. Les couleurs, les hommes et les animaux dorment, le temps n'existe pas encore ; *Aghora,* l'heure où le soleil se lève, *Adgalshet,* le petit matin, *Tarahout,* l'instant où le soleil est à son apogée, *Tezzar,* le début de l'après-midi, *Takast,* lorsque le soleil commence à descendre, *Almaz,* moment de mystère où les cœurs s'emplissent de nostalgie face à la naissance de la nuit. Le soleil couchant embrase le ciel et ses couleurs se reflètent sur le désert. Peu à peu, les feux s'allument devant les tentes et les troupeaux rentrent au campement pour la nuit. *Amer Yane,* le milieu de la nuit, heure à laquelle le sable et les oueds respirent, où le ciel, avec ses milliards d'étoiles, anime le désert.

J'ai passé les six premiers jours de ma vie dans la tente où ma mère m'avait enfanté. Elle m'a tenu tout ce temps dans ses bras. Elle m'a nourri au sein et au lait de brebis. Elle m'a chanté des chansons. Ce n'est que le septième jour qu'elle m'a présenté au marabout qui devait me choisir un nom.

Je m'appelle peut-être Abarad, Ghabiden, Musa ou Moustapha... Personne ne le saura jamais. Chez les Touaregs on oublie très vite le nom que le marabout a donné à l'enfant. Seul le surnom dont sa mère le gratifie le suivra toute sa vie. Certains enfants portent des noms d'animaux comme « Mouflon », « Autruche », « Gazelle », d'autres, comme moi, des diminutifs qui ne veulent rien dire.

Moi, c'est Mano. Ma petite sœur, qui aime rire, s'appelle Tahédag, ce qui signifie : « Elle est bien où elle est ».

Le jour de mon baptême, selon la coutume, on a sacrifié un mouton et tout le campement a fêté l'événement par des danses et des chants. Les premiers mois de mon enfance, j'ai dormi dans l'*assakansako*, le berceau de paille fixé aux piquets de la tente, ou dans la bande d'étoffe que ma mère portait sanglée sur son dos, pendant qu'elle pilait le mil ou trayait les chèvres. Je crois me souvenir du plaisir que me donnait le balancement de son corps.

Mes premières vraies images sont celles d'enfants qui couraient nus dans les ruisseaux sinuant dans le sable safran. Un orage avait éclaté, ressuscitant les plantes, les animaux, les hommes. L'oued autour duquel se groupaient nos troupeaux offrait de vastes retenues d'eau. La végétation était belle avec ses acacias fleuris, ses tapis de verdure étirés au milieu des roches de basalte, toutes ces variétés de plantes gorgées de suc dont raffolent les bêtes. Attachés à leurs piquets de bois, les chamelons et les veaux pleuraient doucement en attendant le retour de leurs mères.

Amdagh, un berger guère plus âgé que moi, tirait par la queue un chamelon nouveau-né et lui entravait la patte avant pour le forcer à rester couché. Deux autres bergers poussaient au-dessus de lui une chamelle, la tête emprisonnée dans une pièce d'étoffe. L'écume aux naseaux, elle se débattait en tirant sur sa bride. C'était la première fois que j'assistais à un acte de violence. Une main posée sur ma tête, ma mère me rassura :

— N'aie pas peur, Mano ! Ce matin, la chamelle a perdu son petit en le mettant au monde. Amdagh a attaché le chamelon par un pied et l'a couvert du placenta du mort-né. Les yeux bandés, la chamelle acceptera ce nourrisson qui porte l'odeur de son propre enfant. En l'allaitant, elle sauvera la vie d'un orphelin... et la sienne. Il n'y a pas de violence, mon fils. Si elle garde son lait, elle meurt.

À l'horizon, les tentes se perdaient derrière de légères dunes de sable ocre. Le ciel avait la couleur de l'ardoise. Pour ceux de ma tribu et pour moi, le monde s'arrêtait à cet infini-là.

J'ai vécu nu jusqu'à l'âge de six ans. Dans l'Aïr, les températures basculent de moins cinq à vingt-cinq degrés en janvier et de trente-cinq à quarante-huit degrés au mois de juin. Hiver comme été, les enfants doivent accepter ces morsures du froid et de la chaleur. Ils ne doivent pas se plaindre. Se plaindre est interdit. Dans ce désert où tout est rare, où la vie est rude, se plaindre est une faiblesse qui déshonore les hommes. Pour échapper au soleil, nous nous abritons à l'ombre de nos tentes. La nuit, nous nous blottissons près des feux allumés au centre du campement. Un soir, dans son sommeil, un enfant a roulé dans les braises.

Il s'appelait... L'usage interdit de révéler son nom. On ne prononce pas le nom d'un mort.

Dans le désert, la vie est tellement fragile qu'il faut accepter comme une fatalité le décès d'un être humain, la maladie que l'on ne peut soigner, l'accident de chameau qui tue, le puits à sec qui desséchera les corps dans le supplice de la soif. Ce fatalisme n'est ni un manque de sensibilité ni une résignation, mais il permet de supporter les drames dignement quand on ne peut rien faire pour les éviter. On doit vivre sa souffrance en silence, la tête haute.

— Mano, me répétait ma mère, la mort est plus près de la paupière que l'œil et la plus grande richesse peut être une larme. Ton avenir sera celui que tu maîtriseras... On ne peut rien y faire et il faut accepter. Bientôt, tu seras un homme.

2

— Mano, un cabri s'est échappé. Tu dois le retrouver avant qu'un chacal ne l'éventre.

Ainsi me parlait mon frère aîné Feltou. Pour forcer mon courage, il me trouvait toujours une besogne : attacher les veaux, rassembler les chamelons, aller chercher de l'eau au puits, mais surtout affronter le chacal ou la hyène qui rôdent autour des pâturages. Armé d'un bâton taillé dans une branche d'acacia, je devais partir seul loin du camp et ramener le petit de la chèvre ou du mouton qui s'était égaré.

— N'oublie surtout pas ta *guerba*, me criait-il. Même à six ans, un berger ne part jamais sans sa gourde.

Pour me donner du cœur, je m'éloignais du camp en récitant ces mots : « Mano n'a pas peur du chacal. Il lui cassera les dents. »

Selon l'emplacement où nous avions dressé nos tentes, il me fallait parfois plusieurs heures de marche avant de retrouver le point d'eau auprès duquel l'animal s'était perdu. Les deux bras en appui sur le bâton posé au creux de mon cou, je notais les moindres détails du sol que je foulais. Ici, la crotte d'un chameau, là, une pierre plate, là, une touffe de mousse. Je savais qu'à mon retour, mon frère me demanderait de lui décrire le chemin que j'avais emprunté. Je savais aussi qu'en enregistrant dans ma mémoire chaque parcelle de terrain, le trajet me semblerait plus court. Les distances sont toujours subjectives.

Il m'est arrivé de croiser un chacal. Mais seul, à l'écart de sa horde, jamais il n'attaquera l'homme ou le petit de l'homme.

Ma plus grande joie était de revenir au campement avec le cabri ou l'agneau qui s'était égaré. Ma plus grande fierté était de rentrer sans avoir porté à mes lèvres la gourde d'eau que j'avais emportée. *« Aman Iman »* : « l'eau, c'est la vie », « l'eau, c'est l'âme », « l'eau fait vivre et tout dépend de l'eau », m'avait inculqué ma mère. J'étais heureux de lui prouver que j'avais retenu sa leçon.

Je dois tout aux leçons de ma mère. C'est elle qui m'a appris à démonter et à remonter la tente, à plier et à déplier le lit taillé dans le *torcha,* un arbre au tronc épais mais au bois tendre et léger. C'est elle qui m'a fait découvrir les étoiles qui annoncent les changements de saisons. C'est elle qui m'a révélé les différentes castes des gens de ma tribu, les *Iforas.* C'est elle qui m'a enseigné la lecture, le chant, la poésie. C'est elle qui...

Il n'est pas un Touareg qui ne pense à exalter sa mère. Elle est l'âme et le cœur du désert. Elle fait les travaux les plus durs lorsque les hommes partent en caravane. Elle s'occupe des animaux, pile le mil, s'impose les corvées d'eau, abreuve les bêtes, assume l'éducation de ses enfants. Elle est gaie et heureuse. Le soir, elle chante, elle danse, récite des poèmes et tire de l'*imzad*, ce violon à une corde, des mélodies qui, lors des veillées nocturnes, apaisent ou exaltent les femmes et les hommes.

Avec des gestes graves, elle m'a appris à lire les vingt-six lettres de l'alphabet tifinagh qui compose la langue tamasheq. Je revois ses doigts voltiger pour tracer dans le sable des signes géométriques : le cercle qui désigne le « R », le trait horizontal qui indique le « N », les quatre points pour la consonance « KH », le rond précédé de deux points et d'une parenthèse renversée qui compose le mot « chat ». Elle faisait une pause, effaçait de la main ce qu'elle avait écrit, me demandait de répéter ses gestes. J'essayais de mon mieux. Pour me récompenser, ses ongles dessinaient des poèmes. Elle griffait le sable de ses doigts de joueuse d'*imzad*. À peine avais-je le temps de m'étonner qu'elle effaçait ce qu'elle avait écrit pour composer de nouveaux caractères. Combien de fables et de ballades se sont ainsi envolées sous l'aile de sa main ou bien au vent des dunes ? Je ne saurais le dire. Elle en connaissait tant.

Dès que j'ai su composer des mots, elle a voulu que j'apprenne à assembler des phrases :

— Écris ce que tu aimerais devenir !

Alors, sur le sol de la tente, j'écrivais : « Ici, moi, Mano aura le plus beau des chameaux », « Ici, moi, Mano sera caravanier sur la piste de Bilma », « Ici, moi, Mano aura le plus beau chèche et le plus beau tambour de guerre. » Mes doigts traçaient les lettres de gauche à droite, de droite à gauche, de haut en bas, de bas en haut. En tamasheq, le texte se lit à partir de cet « Ici, moi » qui impose le sens de la lecture.

Ce MOI qui permet à l'enfant de développer sa personnalité.

Ma mère a révélé à mes sœurs les mystères et les vertus des plantes médicinales : celles qui soignent les abcès, la fièvre aphteuse et les maux de ventre, celles qui soulagent les douleurs hépatiques, le laurier-rose qui rend fidèle l'époux volage. Elle leur a enseigné les bienfaits de l'argile et de certains produits comme la graisse d'autruche, l'urine de chameau, la moelle des os d'une gazelle, le crottin de brebis et, raconte-t-on, la magie de certaines plantes abortives dont les femmes gardent jalousement le secret.

Mon père n'assistait jamais aux leçons que ma mère me donnait. De temps en temps, il entrait dans la tente et, en passant, me caressait la tête. Ce geste me stimulait. C'était comme si Dieu lui-même s'intéressait à moi. Dans la tribu, il était considéré comme un pur descendant de ces guerriers nobles qui protégeaient les longues caravanes. Au dire de ma mère, il pouvait, d'un seul coup de sabre, couper dans toute leur hauteur un cavalier et sa monture. Je la croyais. Mon père ne pouvait être qu'un héros. J'observais chacun de ses gestes, la façon qu'il avait de caresser le pommeau en croix de sa selle de chameau, l'élégance de ses mains lorsqu'il nouait son *taguelmoust,* ce turban qui l'auréolait d'indigo, la façon dont il portait, sans soulever son voile, la nourriture à sa bouche.

Il s'exprimait d'une voix uniforme. Sans se plaindre jamais, il parlait du temps où, grâce aux riches pâturages, les familles pouvaient se fixer longtemps dans le même oued. Lorsqu'il retraçait ce passé, ses yeux reflétaient une lueur de tristesse aussitôt contrôlée.

— Mano, me dit-il un jour, l'enseignement que donnent les Européens a éloigné Dieu de nos terres. Un jour, tu devras fuir ta terre pour échapper à cet enseignement.

Je ne répondais pas. Par respect pour mon père, d'abord, mais aussi parce que ces paroles avaient provoqué en moi quelques inquiétudes.

Cette nuit-là, couché sur une natte à côté du lit de mes parents, je cherchais les raisons pour lesquelles Allah était fâché contre les Touaregs. Pourquoi devrais-je fuir un jour ? Peut-être n'était-ce pas cela que mon père avait voulu dire. Peut-être avait-il peur du Kel Essouf, ce djinn qui vole les enfants pour les conduire dans le royaume des esprits. Ou bien craignait-il Roul, l'ange noir des voyageurs égarés qui fait éclater dans les dunes de grands éclats de rire ? Non, mon père n'avait peur de rien.

Mais alors ?

L'impatience est le pire des ennemis ; je devais attendre l'heure où il consentirait à me donner les clefs de ce mystère.

Dans la demi-obscurité, je devinais, pendus à leur fourche, les outres en cuir qui savent garder l'eau fraîche, les louches en bois utilisées pour le mil et le lait caillé, les harnais de l'âne et du chameau de ma mère, ses colliers en argent ciselé, ses talismans de toutes sortes. Bientôt, avait dit mon père, je ne verrai plus tout ça. *« Matilan, matilan ! »* : On n'y peut rien. Il faut bien accepter. Même si ces choses-là font peur.

Surtout si elles font peur.

Le lendemain, ma mère m'a emmené très loin derrière les tentes où les chamelons de six mois à un an sont entravés en attendant le retour de leurs mères.

— Choisis, me dit-elle, choisis l'une de ces bêtes. Ton père te l'offre.

Pour masquer ma joie, j'avalais ma salive et me raclais la gorge. Un chamelon pour moi, rien que pour moi ? Je ne pouvais y croire.

Pour ne pas effrayer les jeunes animaux, j'avançais à pas lents. Du regard, j'évaluais leurs mérites. Celui-là... trop peureux, celui-là... trop trapu. Je ne voulais pas d'un animal aux yeux vairons. Je savais que les chameaux de bât sont lourds, méchants et généralement sourds. Je ne voulais pas d'une chamelle tout juste bonne à faire tourner la roue du puits. Il me fallait un vrai chameau de l'Aïr avec des membres secs, un cou mince et des oreilles plates. Mon frère Eddoua m'avait appris à reconnaître, à son garrot et à sa poitrine, le chamelon qui donne un méhari taillé pour la course et les longues marches dans le sable.

« Son cou doit être allongé, ses oreilles dressées. »

Ce qui m'importait surtout c'était qu'il soit blanc. Blanc comme le chameau de mon père, qui récoltait tant de louanges lors des grandes parades, avec ses harnais et ses décorations se détachant sur sa robe ivoirine.

Mais comment reconnaître, parmi tous ces chamelons encore vêtus du pelage de l'enfance, la monture qui ferait de moi le héros de l'*ahal*, ces cours d'amour où les femmes jouent du *tende* tandis que, pour les conquérir, les hommes font danser sur place leurs chameaux parés de leurs plus belles selles ?

Le chamelon que j'ai choisi était terne et de couleur laiteuse. Son museau était doux au toucher, mais sa queue ressemblait au balai dont les femmes se servent pour ramasser les grains de mil qui se sont échappés de leurs sacs.

— Comment vas-tu l'appeler ? me demanda ma mère.

— Abzaw ! répliquai-je aussitôt.

Dans la langue touarègue, « abzaw » veut dire blanc. Je me sentais un prince.

Dans mon oued à Tidène, mon royaume comptait de nombreux animaux. À la saison des pluies, j'allais dénicher au creux des tamaris les poussins des pintades tachetées de noir et de blanc. Je les ramenais au campement dans le creux de mes mains et les apprivoisais. Je les nourrissais au grain de mil qu'ils venaient becqueter au coin de mes lèvres. Je leur parlais, lustrais leurs plumes, leur apprenais à boire et à manger. Devenus adultes, ils picoraient autour des tentes et, le soir, revenaient se blottir dans la paille que les femmes utilisent pour tresser les éventails à feu. À la saison des pluies suivante, ils retrouvaient les pintades sauvages venues du nord. Ils s'envolaient avec elles, revenaient, repartaient dans un vol bourdonnant. Un jour, deux jours, trois jours puis ils disparaissaient pour toujours. Ils avaient retrouvé leurs ailes et leur état sauvage.

J'avais aussi un agneau que sa mère avait refusé d'allaiter. C'était un jeune mâle. Je le gavais de lait et de galettes de blé cuites sous la cendre. Il me suivait partout et, la nuit, je dormais avec lui dans le sable. Lorsque ses cornes ont commencé à pousser, je lui ai appris à foncer tête baissée, d'abord contre ma main, ensuite contre mes camarades Amghar, Intalak, Mawli qui accueillaient ce jeu comme un défi. Lorsque, devenu bélier, il s'attaqua à tous ceux qui passaient sur sa route, je dus m'en séparer. Il est mort de vieillesse. Chez nous, on ne tue pas les animaux qui ont été les amis des enfants.

J'ai eu un lévrier qui courait plus vite que les nuages. J'ai eu aussi un chat, un luxe fou pour ceux qui se déplacent. Il s'appelait Amayas. Amayas : le guépard. Lorsque je l'ai perdu, ma sœur Raïcha m'a dit qu'elle l'avait vu en songe.

— Où était-il ? lui ai-je demandé.

— Regarde ! répondit-elle en désignant le ciel. Tu vois ces deux points qui scintillent ? Ce sont ses yeux. Il s'est transformé en étoiles.

Je ne savais pas qu'un autre monde existait. Comment aurait-il pu exister alors que, juste derrière nos tentes, c'était le sable, la soif et le néant. Bien sûr, il y avait d'autres familles qui, comme nous, allaient d'un point d'eau à un autre, bien sûr, il y avait dans le sud une ville qui s'appelait Agadez. Ceux qui en revenaient disaient qu'ils avaient vu là-bas des cases montées les unes sur les autres. Je refusais d'y croire. Pourquoi planter sa tente sur une autre tente alors qu'il y a tant d'espace dans le désert ?

Un jour, un voyageur est arrivé au campement. Venu de nulle part, faisant voler le sable sous les sabots de son méhari, il s'est arrêté à l'écart des tentes. Talonnant le cou de son chameau, il l'a fait baraquer et est descendu lentement de sa selle. Le temps n'existait pas pour lui.

Un homme de la tribu s'est dirigé vers lui et lui a désigné l'endroit où il pouvait s'installer pour la nuit. Peu de mots échangés, seulement cette poignée de main, dix fois, vingt fois répétée, en faisant claquer ses doigts contre la paume de la main. Un dialogue muet.

Ensuite, mon père lui a porté une natte et une couverture. Par respect, jamais il n'aurait admis que l'on fît à cet homme épuisé l'aumône d'une calebasse d'eau. *Aman Iman* : l'eau, c'est la vie. On ne mendie pas la vie.

Ce n'est que très longtemps après qu'une femme lui a offert de l'eau.

Alors s'est brisé le silence. Les jeunes filles ont commencé à pétrir la pâte de céréales et à préparer la boule de mil arrosée de lait mélangé aux dattes et au fromage frais. Le soir, les femmes ont sorti le *tende,* ce mortier dans lequel on concasse le grain et sur lequel, aux grandes occasions, on raidit une peau de chèvre pour le transformer en tambour. C'était l'heure où s'improvisent les poèmes. Une jeune fille, en chantant, a vanté les mérites de son frère Bazo qui chassait le mouflon sur le lointain mont Greboun, condamné la conduite de son cousin Filoun, ce sordide épistolier qui savait peut-être écrire dans l'écorce de l'adjar des messages pour les caravaniers mais qui avait osé la maltraiter. Maltraiter une femme : la pire des lâchetés.

Pour mieux l'écouter, les têtes se posaient sur l'épaule d'un voisin, sur les genoux d'une voisine. Le bruit du marteau à casser le sucre, associé à celui de la cascade de l'eau bouillante dans la théière, déliait les langues et chacun s'appliquait à faire le récit de ce qu'il avait vu, de ce qu'il avait fait.

Encouragé, le voyageur raconta alors les pâturages qu'il avait traversés, l'état des puits où il s'était rendu, mais cacha le but de son voyage.

J'étais fasciné par cet homme qui venait du désert, retournait au désert. Je ne m'étais pas encore purifié aux grandes étendues. J'étais encore aveugle.

Soudain le voyageur demanda à mon père de lui accorder une audience. Il voulait lui parler seul à seul.

Lorsqu'il est revenu, il m'a regardé longuement et, posant sa main sur mes cheveux bouclés, il a dit à mon père :

— Raconte à cet enfant ce qu'ils ont fait à mon fils Abarad... Il a l'âge de savoir.

— Qui ça « ils » ? ai-je demandé.

Comme si mes mots l'avaient blessé, il a riposté aussitôt.

— « Ils », ce sont ces hommes qui s'emparent des enfants dans le désert, ces gardes qui les arrachent à leurs familles et à leurs oueds. Ils sont venus chercher Abarad. Ils l'ont enfermé derrière des murs de pierres qui ressemblent à des prisons. Ils lui interdisent de parler notre langue. Ils refusent de lui laisser porter le chèche. Ils l'obligent à s'habiller comme eux, à penser comme eux... Ils veulent faire ça à tous les enfants touaregs.

Mon regard allait de ma mère à mon père. Je ne comprenais pas. Interdire de parler tamasheq et de porter le chèche ? Les gardes ? Un enfant en prison ? Cet homme devait être fou. Pourquoi les femmes restaient-elles sans rien faire ? Elles auraient dû essayer de le désenvoûter en jouant du *tende n'goumaten* qui chasse le démon. Elles auraient dû forcer ce malade à danser jusqu'à l'épuisement. C'est ainsi qu'on avait fait pour Ekadé qui était possédé par le diable. Je me souviens, le forgeron lui avait remis un sabre, et les hommes, en poussant des cris rauques, avaient tourné autour de lui tandis que les femmes frappaient la peau de leur tambour. Ekadé tournait, sautait, se démenait. Tout son corps était secoué de tremblements et une mousse blanchâtre bouillonnait à la commissure de ses lèvres. Ses yeux se révulsaient et la lame de son sabre zébrait l'air d'éclairs métalliques. Sans s'interrompre, les roulements du *tende* avaient accompagné ses transes jusqu'au petit matin. Alors seulement, Ekadé s'était écroulé au sol, épuisé... et guéri.

Et là, sans rien faire, on laissait repartir cet *iblis*, cet homme à la cervelle dérangée et aux paroles pleines de fiel.

— N'aie pas peur ! me dit alors mon père. Jamais les gardes ne te trouveront.

Mon père veillait sur moi. C'était un sage. Rien ne pouvait m'arriver.

Un jour, ma mère vint vers moi. Elle détacha de son cou une amulette, la posa sur la natte.

— Tu vois, dit-elle, ce fétiche vient des marabouts, ces religieux qui règlent la justice et enseignent pour ceux qui le souhaitent les versets du Coran. Ce sont de saints hommes qu'il faut respecter car ils savent composer des talismans destinés à protéger des balles, des coups d'épée, des mauvais génies et de la maladie. Ce sont eux qui, cette année, ont permis à nos oueds de recueillir toutes les eaux du ciel. On raconte même qu'ils tiennent tête aux djinns.

Elle me parla aussi des esclaves que les chefs guerriers ramenaient par centaines de leurs razzias dans le sud du Sahara.

J'avais du mal à accepter cette injustice. J'avais des camarades qui descendaient de ces anciens captifs. Nous gardions les troupeaux de la même manière, nous allions au puits de la même manière. Alors, où se situait la différence ? Certes, leurs parents étaient nos domestiques, mais on les considérait comme faisant partie de notre famille. « À celui qui se met une corde au cou, Dieu donne toujours quelqu'un pour la tirer. »

Jamais, les miens n'ont tiré sur cette corde.

Ceux que je redoutais surtout étaient les forgerons qui vivaient au sein de la tribu. Ils faisaient rougir le fer qui donne les sabres ou les bijoux parfois plus redoutables encore que les sabres. Tout petit, on apprend à les craindre car ils sont fils du feu. Ils savent apprivoiser l'argent, l'airain, le cuivre qu'ils allient ensemble. De leurs forges, par magie, ils sortiront aussi bien l'outil que l'arme blanche, la hache pour couper les arbres que la poulie pour tirer l'eau du puits. Ils travaillent le cuir, le bois, ils fabriquent les écuelles, les cuillers, les mortiers, les selles de chameaux. On ne sait d'où ils viennent ni d'où leur vient cet art. Sans aucun doute des djinns avec lesquels ils ont signé un pacte.

— Ne les approche pas, me répétait ma mère, ils te lanceraient un sort.

Pourtant, leurs gestes me fascinaient lorsque, battant le fer dans une gerbe d'étincelles, ils le métamorphosaient en épées ou en poignards à bras. Je me demandais par quel miracle leurs tours parvenaient à créer des vases ou des mortiers à partir de l'argile arrachée aux cours d'eau. Comment, avec leur hache et leur minuscule couteau, pouvaient-ils façonner ces selles à pommeau, ces palanquins de femmes, ces sacs de cuir richement décorés que l'on attache au flanc du méhari, ces bourses qui contiennent le khôl et le tabac, tous ces objets sculptés et ouvragés avec tant de finesse ? Personne ne voulait en parler. On ne parle pas de la main que guide le Diable.

Je ne comprenais pas que l'on pût se montrer irrespectueux avec ces hommes qui me fascinaient.

Même si ces intouchables avaient le droit de mendier et de se plaindre publiquement.

Mendier, se plaindre : le comble de la déchéance.

Pourtant tous restaient suspendus à leurs lèvres lorsque, au cours d'une fête, frappant sur leur tambour porté en sautoir, ils vantaient les mérites d'un homme de la tribu et surtout la grâce d'une femme qui les avait payés pour chanter ses louanges.

La bouche de Gheishatu est douce comme le violon
Ses yeux sont comme les braises de l'ahal
Où les jeunes nobles admirent ses mains et son langage.

— Le Créateur les protège comme il protège le chacal, me glissa à l'oreille mon frère Eddoua, un soir où l'un de ces artisans passait devant notre tente. Malheur à celui qui lui refusera un service car il ne lui fabriquera plus rien et fera tout pour entacher son honneur.

Vivant entre eux, se mariant entre eux, méprisés, mais indispensables à la tribu, les forgerons détiennent pourtant le privilège d'annoncer les bonnes et les mauvaises nouvelles : la naissance d'un enfant, la mort d'une personne. Ce sont eux qui procèdent à la toilette du défunt, annoncent les fiançailles, traînent la natte des nouveaux mariés, arrangent les contrats de noces entre les familles des futurs époux.

J'avais sept ans lorsque le forgeron qui me faisait si peur est venu me chercher pour la circoncision. Suivie de mon père en tenue d'apparat, ma mère guida mes pas jusque derrière sa tente. Debout sous le soleil, je fermais les yeux et serrais les poings sous mon dos. C'était mon premier acte de bravoure. Attaché à un piquet, l'agneau que l'on allait sacrifier pour cette circonstance tremblait de tous ses membres. Nous étions deux bêtes traquées, mais moi, je ne devais pas trembler. Surtout ne pas montrer sa peur.

Lorsque le forgeron s'approcha, j'osai le regarder en face. Vêtu de son grand boubou noir, le visage caché par un taguelmoust sombre, il ne me laissait apercevoir que ses yeux fiévreux cernés de khôl. Je devinais la présence des membres de ma tribu suspendus à ses gestes. Dans la chaleur de cet après-midi, le silence était lourd comme un début d'orage.

Tenant à la main un couteau à la lame émoussée, le forgeron vint vers moi. Je devais tendre mon bas-ventre vers lui. J'étais tétanisé. Vivement, ses doigts plongèrent entre mes jambes. Après, je ne sais plus. Je sentis ma chair tailladée, mutilée par le couteau aveugle... et puis cette douleur qu'il fallait contenir entre mes dents serrées. Lorsque, baissant les yeux, je découvris du sang coulant le long de mes cuisses, je courus droit devant moi en poussant le « heii » des Touaregs qui filent vers la victoire. Le « heii » des grands guerriers.

Ensuite, le forgeron passa sur la plaie un baume à base de poudre de champignons et entoura ma taille d'un carré de tissu. J'avais perdu ma nudité.

J'étais devenu un homme.

3

Ce jour-là, ma mère m'offrit un pantalon en tissu de coton qu'on appelle *ekarbay* et une gandoura. Si je restais le petit pâtre auquel on demande de veiller sur le troupeau de chèvres, je n'avais plus à passer mes nuits sous la tente familiale. Je dormais à la belle étoile, au creux d'un rocher ou sous un arbre aux branches amicales.

Je me souviens aussi que mon père me fit ce soir-là le plus beau des présents. Pour montrer qu'il me comptait parmi les hommes de la tribu, il me jucha sur son méhari et me demanda de me présenter devant les femmes qui jouaient du *tende*, assises autour du feu.

— Tu devras, me dit-il, faire danser ton chameau sur place, montrer toute sa noblesse et toute sa fierté. Garde la tête droite et, surtout, garde ta dignité.

Il en allait de son honneur. J'étais son fils, je ne devais pas le décevoir.

Haut perché sur la selle, les pieds croisés sur l'encolure du chameau, je suivais de mon mieux le rythme du *tende.* Je connaissais les pressions qu'il fallait exercer sur l'anneau fixé à la narine de ma monture pour la faire s'arrêter, s'agenouiller, effectuer une courbette, croiser les antérieurs. J'avais tant de fois admiré mon père lorsqu'il procédait à un dressage que je n'eus aucun mal à soigner mes figures. Lorsque, dans un mouvement de vague, je réussis à faire baraquer mon chameau, les femmes m'entourèrent pour me complimenter.

Je regardai mon père. Ses yeux brillaient de joie.

Bien vite, j'appris à tresser des cordes avec les fibres du palmier doum et à faire du feu en exécutant un mouvement de va-et-vient avec la baguette de bois dur d'adjar dans le creux des branches de torcha. J'appris à conduire les animaux au puits, à rassembler les chamelons avant que leurs mères ne reviennent du pâturage. Les capturer devenait une véritable compétition au cours de laquelle chaque berger devait montrer son art et sa dextérité. Certains chamelons se laissaient approcher puis détalaient à la dernière seconde, d'autres se cabraient ou lançaient des ruades, d'autres attendaient que l'on soit accroché à leur queue pour galoper autour des tentes. Traînés dans la poussière ou les buissons, nous ne devions pas lâcher prise. Nous préférions nous arracher la peau plutôt que de subir l'affront d'être traités de poltrons, le soir à la veillée.

Comme tous les enfants de mon âge, il m'a fallu aussi affronter l'*amali,* le chameau étalon que l'on ne garde que pour la reproduction.

Dans la petite vallée où étaient assemblées les

chamelles, il galopait de l'une à l'autre, les mordillant au cou, leur entravant le dos de ses pattes antérieures. À la saison des amours, régnant sur son sérail, il ne tolère pas qu'un être humain ou un autre chameau approche ses femelles.

Prudemment, je pénétrai sur son territoire. Je violais son domaine.

Sans le quitter des yeux, je m'avançai vers lui. Je savais que, s'il m'attrapait, l'étalon me saisirait entre ses mâchoires, me projetterait dans les airs, se coucherait sur moi pour m'étouffer de tout son poids. Je l'avais vu se battre contre un autre chameau, lui arracher la patte avec ses dents en meule, lui briser la nuque à grands coups de sabot. Les hommes eux-mêmes n'avaient pu s'approcher.

Rien au monde n'aurait pu m'empêcher de poursuivre ma marche dans l'enceinte où ce tueur m'attendait en exhalant de ses poumons un souffle rocailleux pareil aux roulements du tonnerre. Arcbouté sur ses pattes, grinçant des dents, il me guettait et sa bouche dégorgeait une boule de chair vomie de son gosier. Lorsqu'il fonça sur moi, la tête rasant le sol, je fus pris de panique. Bien sûr, j'avais prévu l'arbre où je devais grimper à la dernière seconde, mais la monstruosité de sa langue et les sons qu'émettait son larynx m'empêchaient de bouger. Je me baissai et arrachai au sol une poignée de terre que je lançai vers lui. Surpris, le chameau trébucha dans un nuage de poussière, tomba sur le flanc, se redressa d'un bond puis revint à la charge. Je fonçai vers l'arbre, m'agrippai à son tronc et me hissai dans les plus hautes branches, le cœur et l'estomac en vrille.

J'avais gagné ma place auprès des vrais bergers. Désormais, j'en faisais partie.

Il me restait à dresser Abzaw, le chamelon que l'on m'avait offert. Sevré depuis peu, il acceptait le licol mais grommelait dès que, pour le monter, je passais la corde qui lui servait de mors au-dessus de sa langue. Pour grimper sur son dos, je lui tournais le cou et l'immobilisais en lui crochetant les narines avec les doigts. D'un bond, je sautais sur son encolure et le laissais filer. Il employait alors toutes les ruses pour me jeter à bas : ruades, cabrioles, croupades. Inévitablement, il me projetait à terre ou fonçait sur un épineux pour se débarrasser de moi. Arc-bouté à sa bosse naissante, je tirais sur sa bride, lui cisaillais la bouche, lui martelais le cou. Après ça, il trottait à mon rythme, allait là où je voulais qu'il aille. Je n'avais plus qu'à lui apprendre à danser le *tende* et à baraquer.

Je n'en eus pas le temps.

— Mano, me dit ma mère, le soir même sous la tente, tu es le plus jeune de mes enfants. Écoute bien ce que je vais te dire.

Étendant le bras, elle prit son *imzad* et commença à tirer du violon une mélodie plaintive. Je devinais qu'elle était malheureuse et que seule la musique lui permettait de confier ce qu'elle avait sur le cœur. Je me taisais.

— Un jour, commença-t-elle, un jour, une grande famille vivait au bord d'un oued. Elle était composée de trois filles et de quatre garçons.

Malgré les grandes sécheresses qui poussaient ses troupeaux à travers le pays, cette famille vivait dans la félicité. Personne n'était malade, chèvres et chamelles donnaient beaucoup de lait, et les puits croisés au cours de leurs déplacements n'étaient jamais taris.

Elle fermait les yeux pour mieux se concentrer et son nez se plissait de sillons. Quel message cherchait-elle à me communiquer ? Je me contentai de regarder sa bouche et ses doigts sur l'archet de l'*imzad*. Je savais qu'il me fallait attendre, que les mots viendraient avec les sons, que les sons appelleraient les mots.

— Plus forts que la sécheresse, poursuivit-elle en fredonnant, plus implacables que la soif, les génies décidèrent un jour de frapper cette famille-là en lui enlevant son plus jeune garçon.

J'étais suspendu à ses lèvres. Racontait-elle un rêve ?

— Ces génies, continua-t-elle, étaient des hommes en armes qui parcouraient le désert à chameau. Malgré tous leurs gris-gris, aucun marabout ne pouvait se débarrasser d'eux. Campement après campement, ils dédaignaient les petites filles mais prenaient les plus jeunes garçons et les emmenaient avec eux. Bien sûr, il y avait des nomades qui déguisaient leurs garçons en fillettes, mais ces djinns malfaisants savaient les reconnaître et les emportaient, accrochés à la bosse de leurs chameaux.

Elle déposa son *imzad* sur le sol, prit un temps et ajouta en détachant ses mots :

— Mano, souviens-toi de ce voyageur qui a fait halte chez nous. Ce qu'il a dit est vrai. Ils ont enlevé son fils Abarad et l'ont enfermé dans ce qu'ils appellent une école. Bientôt, ils l'emporteront au pays des Européens. Plus jamais il ne verra son oued. Il est perdu pour sa famille.

Je ne voulais pas perdre mon oued, ne plus revoir les miens. Je me mis à crier :

— Mais moi, ils ne vont pas me prendre ? Dis-moi qu'ils ne me toucheront pas !

Elle se mit à trembler et murmura tout bas :

— Ils sont à deux jours de piste de notre campement. Après-demain, ils seront ici. Il faut que tu te sauves.

— Mais pourquoi moi ? Je n'ai rien fait de mal !

— Non, tu n'as fait aucun mal. Aie confiance en Allah, le désert te cachera jusqu'à ce qu'ils repartent. Demain, tu pars avec ton père.

« Demain, tu pars avec ton père. »

Jusqu'à quand ma mémoire douloureuse, en évoquant ce jour, s'enracinera-t-elle dans le présent ?

Fait-il jour, fait-il nuit ? Je ne saurais le dire. Le ciel est mauve comme la fleur de tanala. Dans le campement, pas un souffle de vent. Ma mère prépare nos affaires. Elle a tenu à nous suivre à dos d'âne jusqu'aux premières dunes qui ferment la vallée. Mon père charge sur ses épaules sa selle de méhari. Devant la tente, deux chameaux immobiles se détachent dans le jour qui se lève. Deux chameaux de l'Aïr, endurants et robustes. À leurs flancs pendent les gourdes et les sacs de farine de mil. Avec des gestes minutieux, ma mère s'assure qu'ils sont bien attachés. Elle a l'air si petite. Lié à son pieu, l'âne qu'elle a choisi pour nous accompagner a dressé les oreilles. C'est certain, il va se mettre à braire. Je bondis et, des deux mains, lui obstrue les narines. Il ne faut pas réveiller les membres de la tribu qui dorment sous les tentes. Personne ne sait que nous quittons le campement. Personne ne doit être au courant.

Maintenant, nous suivons le cours d'eau. La terre est craquelée. La masse noire des rochers de basalte tranche sur l'herbe couleur de paille. Bientôt, ce sera la grande sécheresse.

Là, le tamaris nain dans lequel se cachent les pintades, là, l'acacia que je secouais pour récolter les fleurs gorgées de suc, là, le coin d'ombre où ma sœur Tahédag m'apprenait à reconnaître les cinq doigts de la main :

Voilà le pauvre petit
Voici le doigt de l'anneau,
Voilà le grand qui n'a pas de fruit,
Voilà celui qui lèche le miel,
Voilà celui qui écrase les poux,
Comme la fourmi, comme la souris,
Comme la poussière du thuya.

J'avance à regret en tenant mon chameau par la bride. Mon père marche devant, ma mère sur ses pas. Par décence, ils ne se retournent pas. Ils savent que je moissonne des souvenirs.

La vallée se resserre. Plus d'arbres, plus de

végétation. Mon père fait baraquer son chameau qui gémit sous l'effort. Frappant le mien aux genoux, je le force à s'accroupir et grimpe sur son dos. Je revois mon père se diriger vers ma mère, l'aider à monter sur son âne. Le prochain oued, où elle nous quittera pour rebrousser chemin, se trouve à quatre heures de marche. Quatre heures à avancer, ballottés par nos montures. Quatre heures de terre caillouteuse et aride. Quatre heures perdues dans le silence.

Combien de temps aurais-je à me cacher ? Dans combien de temps aborderons-nous le désert, celui dont les caravaniers sur la piste de Bilma m'ont si souvent parlé, avec ses dunes murmurantes, l'infini de ses sables et ses bruits de cristal ?

Je l'ignore et je suis malheureux.

Mon père a stoppé son chameau. Il lève la main. En trottant, nous venons le rejoindre. Sur le sol, de grosses pierres disposées en lignes concentriques retiennent des branches d'épineux : un cimetière perdu dans un paysage lunaire composé de poussières de granit. Qui donc est couché là ? Une femme ? un chamelier ? un enfant ? un vieillard ?

— Personne, me dit ma mère. Il ne faut pas penser à ceux qui ont disparu. L'amour, c'est pendant la vie qu'il se donne. À la tombe, on ne peut apporter que des pierres et du gravier.

Nous reprenons la piste. Le soleil tombe à la verticale et l'horizon vacille, distordant les distances. Devant moi, le chameau de mon père avance dans un halo. J'ai soif. Mes lèvres sont desséchées et ma salive a le goût du tanin. Je porte à ma bouche la bride de mon chameau. Elle est rêche et salée. Je dois tenir encore, ne pas demander à boire. J'essaie de concentrer mon attention sur les traces des sabots imprimées dans le sol, jalons fragiles qui devraient me permettre d'étirer le temps. Toutes mes pensées deviennent aquatiques : la rosée sur les herbes avant le lever du soleil, la pluie qui glisse sur le corps, l'eau qui goutte sur la pierre à aiguiser du forgeron, la source qui naît entre deux roches. J'ai soif à en avoir la fièvre. J'ai mal, mes yeux me brûlent. Je crie :

— On s'arrête bientôt ?

Mon père se tait et ma mère épouse son silence. Je force mon chameau, arrive à leur hauteur.

— Je voudrais boire !

Mon père ne daigne pas répondre. Ma mère baisse la tête. Il a honte, elle a honte pour moi.

Pourquoi me punissent-ils ? Pourquoi ce manque de pitié ? *Aman Iman.* L'eau, c'est la vie. À quoi sert donc la mienne pour être si peu aimé ?

J'immobilise mon chameau, lui tire sur la bouche. Il renâcle et baisse les oreilles. Les deux pieds en appui sur sa nuque, je le fais baraquer. Tant qu'on ne m'aura pas donné à boire, je ferai la grève de la soif. Tant pis si mon père et ma mère m'abandonnent. Je me laisserai mourir et mes os sécheront au soleil, ou alors on creusera un trou et l'on placera sur mon corps de grosses pierres comme celles du cimetière que nous avons croisé. « L'amour, c'est pendant la vie qu'il se donne. À la tombe, on ne peut apporter que des pierres et du gravier. » Je me mets à hurler :

— *Anna,* Mère, tu m'as menti !

Mon père s'est arrêté. Il descend de chameau. Sans un mot, il détache une gourde de sa selle et s'avance vers moi.

— Bois ! dit-il en me tendant l'outre en peau de chèvre.

Rien d'autre que ce mot, plus brutal qu'une insulte.

L'eau est fraîche.

Je me sens misérable.

Des touffes d'herbe, pareilles à des cheveux de femmes, parsèment la piste. Elles sont grises comme la pierraille qui, partout, se dresse en monticules.

— Nous sommes bientôt arrivés, me lance ma mère.

Elle a remonté un pan de sa tunique sur son visage. Sans doute pour masquer sa fatigue.

Nous contournons une colline assiégée par les langues de sable qu'a amassées le vent. De maigres tamaris font leur apparition. Ils tiennent un goulet dans lequel nous faisons avancer nos bêtes. D'autres tamaris, plus robustes ceux-là, s'accrochent aux versants de la vallée qui s'ouvre devant nous. Surgissent les premiers acacias, souffreteux, défraîchis. Un palmier doum brandit vers le ciel son balai de palmes fatiguées. À nos pieds, la cicatrice d'un oued craquelé. Nous avançons au milieu de buissons déchaussés par l'érosion. Une première terrasse de roseaux annonce que l'eau est là, sans doute à quelques mètres.

Elle est là, stagnant dans une cuvette d'argile et de grès. Une mare minuscule que le soleil n'est pas encore parvenu à assécher. Légèrement à l'écart se tient une cabane constituée de branchages. Un homme est assis devant elle, accoudé à sa selle de chameau. Sans doute un nomade isolé qui fait une brève étape avant de repartir rejoindre sa tribu, quelque part dans l'Aïr.

Nous faisons halte et attendons qu'il vienne nous accueillir. Il est maître des lieux.

— Surtout, me dit mon père, ne donne pas ton âge, ni les raisons de notre voyage. Il pourrait prévenir les gardes recruteurs qui maintenant te cherchent. N'oublie jamais que la parole peut être ton pire ennemi.

Noukh ag Takas, c'est ainsi que se nomme notre hôte, est un homme aux yeux d'épervier. Très vite, il a remarqué les quatre gourdes et les sacs de mil qui pendent à la selle de nos chameaux. Il a deviné que nous partions pour le désert. Il sait que ma mère n'ira pas avec nous. On ne voyage pas très longtemps à dos d'âne. Il a baissé son voile et chique son tabac avec recueillement. Ses dents sont noires et espacées. Il débite de vagues considérations sur le temps, sur la qualité des puits où il s'est arrêté. Il peste contre la négligence des Kel Ahaggar, ces nomades du Nord qui laissent leurs bêtes se soulager dans les nappes d'eau, enrage contre la pluie qui a bouleversé la récolte des graines de cram-cram qui remplace le mil les jours de pénurie. Il finit par confier qu'il a répudié sa femme.

— Son corps aride refusait d'enfanter et je veux des enfants.

Il crache entre ses pieds un jet de nicotine. Après avoir recouvert le crachat d'une poignée de sable, il débite d'une traite :

— La figue sèche ne donne pas de lait. Elle est retournée au campement de ses parents. Elle a emporté la tente et tous les animaux qui constituaient sa dot...

— C'est l'usage, fait observer ma mère.

— C'est vrai, murmure-t-il, la loi est faite pour les femmes.

Fataliste, il ajoute en saluant le ciel d'un signe de la main :

— Par Allah, je ne suis pas si pauvre. Il me reste mon chameau... et, bien sûr, les étoiles.

Il se tourne vers moi et sourit de toutes ses mauvaises dents.

— Comment t'appelles-tu ? demande-t-il.

— Mano !

— Connais-tu l'histoire des Touaregs ?

Le doigt tendu, il se met à parler très vite :

— Nous n'avons pas d'histoire... Nous n'avons pas d'histoire parce que les Touaregs l'ont écrite dans le sable et que le vent l'a emportée. Ce sont les Français qui nous en ont prêté une dans leurs livres et dans leurs grands cahiers. Pour eux, nous sommes des pillards, des sauvages, des bêtes. Ils nous appellent les « hommes bleus » comme si nous appartenions à une autre planète. Ils pensent que le sang qui coule dans nos veines est différent du leur. Depuis des siècles et des siècles, ils nous harcèlent, essaient de nous éliminer. Pour finir, ils ont découpé le territoire des Touaregs et l'ont donné aux pays et aux peuples qui nous entourent, faisant ainsi de nous des prisonniers ! Je le sais par mon père qui, lui, l'a appris par son père, et toi, tu devras l'apprendre à tes enfants et à tes petits-enfants.

Submergé par son exaltation, il se lève et marche de long en large. Ma mère tente de le calmer.

— À quoi sert de vouloir prendre le vent par les cornes ? Le passé demeure le passé.

Mon père lui adresse un clin d'œil qui veut dire : « Laisse cet homme parler ! »

— Un jour, poursuit Noukh ag Takas, un jour, il y a longtemps, un Français qui s'appelait le lieutenant-colonel Flatters est venu étudier le désert pour installer une piste métallique qui traverserait le désert du nord au sud...

Je lui lance, fièrement :

— Tu veux parler de cette route en fer sur laquelle roulent des caravanes en bois et en acier ?

— Comment sais-tu ça ? me dit-il, consterné.

— C'est l'ami d'un ami de mon oncle Kaloua qui me l'a raconté. Il connaît le monde comme sa main.

Je me tais.

— Hum ! poursuit Noukh ag Takas en se frottant la barbe, qu'importe l'ami de ton cousin. Ce que tu dois savoir, c'est que le Flatters dont je te parle n'a pas pu construire cette route de fer. Ni cette fois ni la deuxième fois. Ahitagel, le chef des Touaregs du Hoggar, l'a massacré, lui et ses guides chaamba, nos pires ennemis. Personne n'a pu nous faire baisser l'échine. Ni Flatters, ni les autres Français qui sont venus après...

Mon père l'interrompt.

— Épargne ta salive, Noukh ag Takas. Mon fils apprendra notre histoire lorsqu'il sera en âge de savoir que nous sommes les enfants du sable et de l'espace.

— Tu vas lui apprendre le désert ? demande Noukh ag Takas.

Mon père lui tend la main et répond sèchement :

— Le désert ne s'apprend pas, brave homme. Il se vit... Il se vit et il tue ceux qui ne le respectent pas. Le salut soit sur toi !

4

Aussi loin que remonte ma mémoire, jamais je n'avais vu mon père aussi fâché. Lui, si courtois, avait brutalement coupé la parole à Noukh ag Takas.

Dès que nous nous fûmes éloignés, je lui demandai :

— Qu'a fait cet homme pour mériter ta colère ?

— Il lui manque, répondit-il, il lui manque le respect que l'on se doit et que l'on doit aux autres. Devant ta mère, il a osé se présenter à visage découvert, il calomnie sa femme, il médit sur toute chose et donne des leçons. Un donneur de leçons est quelqu'un qui veut refaire les choses. Les choses ne se refont jamais. Ce que je lui reproche avant tout, c'est d'avoir à lui adresser ces reproches, car personne n'a le droit de juger un homme.

Il me prit par le bras et me conduisit jusqu'à ma mère qui nous attendait, immobile, près de son âne. Une façon modeste de dire : « Il faut maintenant nous quitter. »

Gravement, mon père vint vers elle et lui posa

une main sur l'épaule. Son autre main caressait la mienne. En partageant ce double effleurement, il cherchait à cacher sa tristesse : celle de devoir se séparer de la femme qu'il aimait.

Jamais je n'ai surpris ma mère et mon père dans les bras l'un de l'autre. L'amour, le vrai, doit rester un mystère.

Ma mère se pencha sur moi et me dit :

— Mano, c'est dans l'éloignement que mon cœur tendra le plus vers toi.

Sans ajouter un mot, elle poussa son baudet devant elle et s'éloigna sous le soleil qui amorçait son déclin. Des larmes coulaient de ses paupières.

Mon père attendit qu'elle eût disparu pour se tourner vers moi et dire d'une voix forte :

— Cette nuit, mon fils, nous camperons au pied des dunes d'Arakao.

Balancé au rythme des pas de mon chameau, je me suis assoupi. Je rêve à Souqi, le prince dont ma mère m'a si souvent raconté l'infortune. Je le vois courant pieds nus, faisant rouler un rocher devant lui. Malheur à lui s'il ralentit sa course car le fouet du djinn qui vole au-dessus de sa tête lui cinglera le dos. Il avance, il glisse, se relève et repart. Sa langue s'épaissit dans sa bouche. Il ne doit pas crier ni demander de l'eau. Devant lui, des dunes et des dunes qu'il gravit les unes après les autres. Il tombe. La lanière du fouet lui déchire le dos. Il parvient à se redresser. Son rocher devient de plus en plus pesant. La seule façon d'oublier sa fatigue est de penser qu'il est une gazelle... Et il devient gazelle.

Sous ses yeux, s'élève une oasis aux couleurs éclatantes. Des palmiers, des orangers et des citronniers verts comme l'émeraude se courbent devant lui pour proposer leurs fruits.

Je me réveille. Devant moi, aucune trace d'oasis, mais des cailloux de plus en plus petits, rongés par le vent. Je force mon chameau pour arriver à hauteur de mon père. Les mains en porte-voix, je lui crie :

— *Abba*, connais-tu, l'histoire de Souqi ?

Il baisse son taguelmoust et m'adresse une moue.

— Pourquoi hurler ? répondit-il d'une voix ironique. Tu veux réveiller les chacals ?

Il se dresse sur sa selle et éclate de rire.

— L'histoire de Souqi ? Bien sûr, je la connais. Souviens-toi, j'étais là lorsque ta mère l'a racontée. Il n'y a qu'elle pour changer les épines en fleurs. Veux-tu savoir ce que cache ce conte ?

— Je le veux bien si tu y consens. Comment s'appelle le djinn ? Qui est Souqi ?

— Je vais te décevoir, mais Souqi n'a jamais existé. Souqi, c'est le caravanier qui guide de longs jours et de longues nuits ses chameaux à travers le désert.

— Mais alors, ce n'était pas un prince !

— Tous les caravaniers sont des princes.

— Et le rocher ?

— Le rocher symbolise les chameaux. Lents, pesants et lourdement chargés. Le fouet du djinn, le soleil qui tue si la caravane ne peut plus avancer. Quant à l'oasis, tu l'as deviné, c'est le but à atteindre...

— Les chameaux, le soleil, l'oasis, là, je veux bien comprendre, mais pourquoi la gazelle ?

— La gazelle, c'est ton âme, mon fils. Plus elle sera légère et moins tu connaîtras d'embûches.

Nous avançons entre des pans de roches griffées par l'érosion. Elles s'élancent au ciel comme des tuyaux d'orgues. Je me laisse bercer par le va-et-vient de ma selle. Je suis vide. Je suis bien. Je suis rien.

À l'horizon, une colonne blanche s'élève à la verticale et tournoie dans le ciel. Sans un bruit, elle hésite un instant et s'élance vers nous.

— N'aie pas peur, me rassure mon père. C'est un petit cyclone. Il porte malheur si tu te trouves sur son passage. Baraquons nos chameaux et protégeons-nous derrière eux.

La colonne de vent arrache une butte de sable qui tourbillonne sur elle-même avant de s'envoler dans un bruissement semblable aux ailes d'un oiseau. Un rouleau de buisson est projeté dans les airs et, sous le souffle de la tornade, une tranchée irréelle se creuse dans le sable à quelques pas de nous. Puis, plus rien. Le tourbillon s'est dissipé dans une gerbe d'écume transparente.

Mon père se soulève sur un coude et me dit :

— Maintenant que tu viens de faire la connaissance de Tiglawen'Alchinan, tu es autorisé à entrer dans son domaine.

Tefaranforte, ou Tiglawen'Alchinan, ou la caravane des djinns : une simple rafale qui, de sa plume blanche, trace pour les chameliers perdus la route qui les conduit vers l'ouest.

Protégé par ma mère, j'avais humé le monde au travers des mots qu'elle chantait ou qu'elle gravait dans le sable. Bien sûr, je connaissais les migrations alternantes que nous imposait la recherche de nouveaux pâturages mais cela m'apparaissait comme une sorte de cortège familial auquel se trouvaient conviés bêtes et gens.

Et là, j'allais être plongé dans un monde mouvant, un théâtre éphémère où l'homme ne peut jouer d'autre rôle que le sien.

Assis au pied du feu que mon père m'a demandé d'allumer, je regarde le ciel. Il fourmille d'étoiles. Elles clignotent comme les feux d'un fantastique campement où seraient réunis des milliards de nomades.

Mon père enveloppe mes épaules dans une couverture et dit, tendant son doigt vers les étoiles :

— La nébuleuse que tu vois ici se nomme Amanar, ou le Guide*. L'astre qui brille en son centre représente sa tête. Les trois autres au-dessus, son chèche. Celles qui partent en biais, son sabre. À gauche, tu as son bras et les deux étoiles qui brillent en dessous dessinent ses pieds.

Les yeux plissés, je m'applique à retrouver le chèche, le sabre, les pieds, le bras. Le ciel se rétrécit à cette quête.

— Grave le Guide dans ta mémoire, me murmure mon père. Il te dirigera quand tu suivras les

* Orion.

grandes caravanes qui vont de l'est vers l'ouest. Les nuits sans lune, c'est le parcours que le Guide emprunte.

— Abba, pourquoi les autres étoiles disparaissent lorsque la lune apparaît dans le ciel ?

— Elle veut peut-être se substituer au soleil, l'excuser des souffrances qu'il apporte en asséchant les puits, en tuant les troupeaux. La lune est bonne comme le sont les femmes. As-tu vu, à son premier quartier, cette minuscule étoile qui brille à ses côtés ?

— Oui, Abba, je l'ai vue.

— La lune a emprunté à Dieu un grain de maïs. Le jour où elle le lui rendra, la tente du ciel perdra l'un de ses pieds et elle s'écroulera.

Il se tait et ajoute :

— Ce jour-là, la Chamelle se rapprochera de son Chamelon* et ce sera la fin du monde.

Suivie d'un frémissement pareil au bruit de l'ongle sur un tissu de soie, une étoile vient rayer l'horizon. Une deuxième, une troisième, une quatrième étoile, plus petites celles-là, l'escortent dans sa course.

— D'où viennent-elles ? demandé-je à mon père.

— Des greniers du ciel où elles sont entassées. On dit qu'elles annoncent la mort d'un grand chef dans le monde...

— Et la foudre ?

— La foudre signale la colère de chefs bien plus

---

* La Chamelle et le Chamelon : La Grande Ourse et la Petite Ourse.

anciens. À l'endroit où elle tombe, on récolte souvent une hache datant de l'âge de la pierre, époque à laquelle les hommes ont cessé de se nourrir de proies pour devenir des nomades vivant de leurs troupeaux.

Les Pléiades appelées Shat Ahad, ou les Sept Filles de la Nuit, traversent le ciel en son milieu. La Voie lactée orientée vers le sud annonce que ce sera bientôt le moment pour les caravaniers venus du nord d'aller chercher le mil qui commence à mûrir.

Mes yeux commencent à se fermer. Timidement, je questionne mon père :

— Abba, penses-tu qu'Abzaw sera un bon chameau ?

Il me prend les épaules et les serre avec force.

— Ne m'appelle plus abba. Appelle-moi Dayak. Maintenant tu es un homme !

Entouré de ses bras, j'entends dans un murmure :

— Allez, dors bien, Mano !

Je souris et réponds :

— Merci, Abba... pardon, merci, Dayak. Dors bien, toi aussi.

Arriverai-je à être son égal ?

Cette nuit-là fut peuplée d'images et de voix mystérieuses : celles que charrie le massif de l'Aïr avec ses roches en conque renvoyant le moindre souffle d'air, celles des djinns qui me mettaient en garde contre mon impatience à tout vouloir apprendre de la bouche de mon père, celles des pierres qui craquaient entre l'enclume et le marteau du froid, celle de ma mère qui me disait en songe : « Mano, veille sur toi !... Mano, prends garde à toi ! »

Quand je me suis réveillé, mon père s'est approché et m'a tendu un voile de lin blanc.

— Mets ça sur ton visage et couvre bien ta nuque. Dans quelques heures, le soleil sera comme un tison.

Nous avançons à pied, tirant nos chameaux par la bride. Les pierres chatoient et leurs ombres rasantes modèlent des dessins qui varient sans cesse. Le jour naissant transforme en dents d'or les pitons acérés du massif de l'Aïr que nous abandonnons pour nous enfoncer dans une vaste étendue de sable ambré comme l'intérieur de la peau d'une datte. Des derniers versants rocailleux coule une lave violette semblable à une rivière d'améthyste. L'horizon est lisse. Le ciel hésite entre le cuivre et le mauve.

Nous entrons dans le plus grand des jardins interdits.

Plus d'arbres, plus de buissons et pourtant une odeur de menthe vient frapper mes narines. Je cherche autour de moi. Rien, pas l'ombre d'une plante... et toujours ce parfum capiteux. Mon regard inspecte chaque pouce de terrain. Partout, du sable et quelques cailloux blancs. Je ferme les yeux et me guide à mon seul odorat. Un pas, deux pas, dix pas. Le parfum se fait de plus en plus précis. Avec impatience, mes doigts fouillent le sol et découvrent une fleur sans éclat, une sorte de bourgeon guère plus gros que l'ongle. Elle embaume. Je l'apporte à mon père dans le creux de ma main.

— Abba, comment cette plante peut-elle répandre une telle senteur ? Regarde, elle n'a même pas de racine.

— Le Sahara exalte les mérites et aggrave les vices. Y voyagent seulement les chercheurs de lumière. Cette fleur avait trouvé ici son épanouissement et toi, tu l'as tuée. Repens-toi, mon fils, de l'avoir ramassée. Tu as volé un parfum au désert.

Les leçons que me donnait mon père étaient courtes et précises. Chacun de ses mots avait une valeur et, lorsqu'il se taisait, c'était encore des mots qu'exprimait son silence. D'un geste ondoyant, il m'indiquait une empreinte inscrite dans le sol et je savais que c'était la trace de la vipère à cornes. D'un geste encore, il me mettait en garde contre la dune poudreuse dans laquelle le chameau s'enfonce jusqu'aux boulets. Lorsque, à travers la fente de son taguelmoust, ses yeux fixaient les miens, je savais que c'était pour me dire : « As-tu bien retenu la piste que nous avons suivie ? » ou alors, « As-tu vérifié les lacets qui retiennent tes gourdes ? »

Dans ce monde sans fin, tout me semblait miracle : une concrétion de sable devenait une fleur, une graminée, venue là par prodige, traçant de la pointe de sa tige courbée par la chaleur une arène idéale dans laquelle s'inscrivaient des empreintes de gazelles. J'imaginais la course des gazelles, leurs sauts gracieux pour détendre leurs muscles, leurs langues haletantes pour retenir la rosée du matin, leurs queues sans cesse en mouvement... Dans ma main, une poignée de sable se transformait en pluie d'étoiles. Elle devenait le Guide avec son sabre, son chèche et son saroual, la Voie lactée, les Sept Filles de la Nuit. J'écoutais le silence. Il était si puissant qu'il me forçait à retenir mon souffle. Je dépeçais chacune de mes pensées. Pour quoi étais-je fait ? Je regardais mes mains et essayais d'imaginer ce qu'elles pouvaient saisir, ce qu'elles pouvaient donner. J'inventais des légendes, faisais naître des palais dans les dunes.

Le soleil épingle nos ombres sur le sable et son bouclier dévore le ciel entier. Afin d'économiser leurs mouvements, nos chameaux avancent lentement. Les lèvres entrouvertes, je déglutis l'air à travers l'épaisseur de mon voile. Je dois m'habituer à cette chaleur qui dessèche ma bouche et scarifie ma peau. Je dois à tout prix oublier les outres suspendues à la selle de mon chameau, oublier mes paupières enflammées, la peau de mes cuisses irritée. Je dois gommer de mon esprit toute passion. Seules doivent me guider les oreilles laineuses de mon chameau. J'ai soif, encore soif, toujours soif.

« L'homme qui boit à la cruche ne sera jamais un bon guide. »

Sans cesse me revient en mémoire le proverbe que ma mère me faisait répéter. Il m'obsède et m'irrite. Dans combien de temps arriverons-nous au puits que mon père a prévu à la tombée du jour ?

Mes pensées deviennent cotonneuses. Seules les

stries que le vent a laissées sur les franges des dunes me servent de repères. Elles se croisent, s'entrecroisent, ondulent. Où mènent-elles ? Nulle part.

Mon père se retourne et m'adresse un regard.

— Surtout, ne t'endors pas !

Je me redresse sur ma selle. Je ne veux pas qu'il remarque ma fatigue. Je suis Mano Dayak.

Subitement, un lac surgit à l'horizon. Ses flots bleus moutonnent, s'élargissent. Un déferlement d'eau. Tout autour, des palmiers étranges, le tronc dirigé vers le ciel, les palmes à fleur du sol...

— Abba ! je me mets à hurler.

Je talonne le cou de mon chameau qui redresse la tête, part au petit galop. Je veux être le premier à aborder ce rivage magique.

Soudain, l'étang se fragmente en bandelettes, les palmiers s'estompent en frémissant.

— Mano ! me crie mon père.

Il me rejoint, fait baraquer son chameau, me contraint à descendre de ma selle. À perte de vue, le sable, les dunes et le ciel métallique. Plus d'arbres, plus de cours d'eau, plus de torrent.

Mon père décroche une outre de sa selle et me la tend. Je la porte à ma bouche et m'humecte les lèvres. En vain, mes yeux cherchent le lac. Je sais que je ne le verrai plus. Je sais que j'ai rêvé.

— Les Touaregs ne doivent pas être dupes des mirages, me dit alors mon père. Sur une terre où tout est à gagner, l'illusion n'a pas sa place. Seule compte la pensée lucide car elle exige l'oubli de soi et la prudence. Bois une nouvelle gorgée d'eau et remontons en selle. Il nous reste un long chemin à faire.

Sous la respiration du vent, les dunes prenaient des formes singulières. Elles s'animaient comme le font souvent les nuages à la saison des pluies. Il y avait celle qui ressemblait à un museau de chien, celle qui arrondissait son dos, celle qui était voûtée comme une vieille hyène. Grisé par cet imaginaire, je tournais sur moi-même, m'émerveillais de toutes ces images que le Sahara m'offrait à l'infini. Sur son chameau, mon père m'observait, amusé.

— Il y a plus de cent cinquante ans, dit-il en souriant, les Touaregs étaient les seuls maîtres de toute cette richesse. Rares étaient les Européens qui osaient s'aventurer aux confins du désert. Ils étaient en contact avec des caravaniers arabes qui sillonnaient le désert avec la facilité de l'habitude et rapportaient du sud des marchandises mais surtout des récits dans lesquels ils vantaient l'opulence des contrées qu'ils avaient traversées. Ils disaient qu'on y trouvait de l'or, de l'ivoire et des plumes d'autruches... Les Européens étaient émerveillés. Jusque-là, sur leurs cartes, le Sahara était représenté par une tache blanche et là, ils découvraient que c'était un pays merveilleux.

Mon père prit une poignée de sable et la laissa glisser entre ses doigts.

— Comment, enchaîna-t-il, comment le reste du monde aurait-il pu savoir que des hommes civilisés habitaient ce pays puisque les contes que les marchands arabes propageaient à travers le désert disaient que nous étions des barbares bravant la mort et aimant la donner, des chevaliers du Diable qu'il fallait exterminer. Voilà pourquoi, avant de lancer leurs guerriers, les Européens envoyèrent des émissaires chargés de nous étudier et d'exploiter notre pays. Le premier s'appelait Hornemann... Après avoir appris l'arabe, cet Allemand traversa le désert déguisé en marchand. C'était un homme attentif et curieux qui ne voulait aucun mal aux hommes du désert. Au contraire, séduit par la vie des tribus qu'il croisa au cours de sa mission, il put, grâce à elles, parvenir deux ans plus tard aux rives du fleuve Niger. Mais il mourut rongé par les fièvres.*

Je regardais mon père.

— Aucun Européen n'a cru Hornemann lorsqu'il parlait de nous ?

— L'homme, mon fils, est sourd quand son oreille est basse... Les Européens ont préféré croire les autres missionnaires qui ont suivi Hornemann. Parmi eux se trouvaient deux hommes coiffés d'étranges casques et vêtus de culottes absurdes arrivant au-dessous des genous.

— Des marabouts, peut-être ?

— Non, c'étaient des Anglais. L'un s'appelait Clapperton. Il était accompagné par de nombreux Arabes de Lybie. Plus tard, un autre militaire vint, Laing, que les Arabes appelaient Er Raïs parce qu'il se disait capitaine.

---

* Il envoya à l'African Society de Londres le récit de son voyage sous le titre : « Voyage dans l'Afrique septentrionale depuis le Caire jusqu'à Mourzouk » (1803).

— Comment sais-tu toutes ces choses-là, mon père ?

— Les faits que je te raconte m'ont été transmis par mon père. Mon père, lui-même, les a recueillis de son père. Plus fidèles que les livres, car l'écriture ment, ils circuleront à travers le désert jusqu'à la fin des temps. Ces Européens ont raconté à leur gouvernement que, nous, les Touaregs, les avions attaqués.

— Et c'est faux ?

— Il est vrai qu'après les atrocités commises par les colonisateurs français dans les pays autour du Sahara les Touaregs savaient ce que les Européens cherchaient. Ils cherchaient à soumettre l'Afrique entière.

J'essayais de comprendre mais j'étais trop petit pour bien assimiler cette histoire. En revanche, j'étais parvenu à retenir le nom de Heinrich Barth, un autre Allemand qui avait connu l'Aïr au siècle où les girafes et les autruches se promenaient en troupeaux, où abondaient les gazelles et les antilopes addax aux longues cornes en spirale, où les oueds étaient boisés et verdoyants.

— À cette époque*, disait mon père, Dieu respectait le monde et le désert respectait le nomade en lui abandonnant une terre fertile. Les guépards régnaient sur l'Adrar, le Tibesti et l'Aïr. Aujourd'hui, il n'en reste plus que quelques dizaines. On rencontrait aussi des lions...

— Des lions ?

---

* En 1849.

Ma mère m'avait parlé de ces lions sans crinière qui, disait-elle, tournaient chaque soir autour des campements. Pour les faire fuir, les jeunes filles et les femmes allumaient des feux et secouaient des calebasses remplies de cailloux. Il arrivait pourtant qu'ils s'attaquent au bétail, aux bergers... et aux enfants pas sages. Elle avait fait de ces lions une panoplie de croque-mitaines qu'elle faisait revivre pour me faire obéir. Bien sûr, je ne la croyais pas.

— Ont-ils réellement existé ? demandai-je à mon père.

— Bien sûr. Les derniers ont été signalés, il y a à peine dix ans, dans l'Azawagh, à l'ouest de l'Aïr. Eux aussi ont été victimes du désert qui s'étend chaque jour davantage. Bientôt même les hommes ne pourront plus vivre ici.

— À cause du désert ?

— Non, à cause de ceux qui ne nous aiment pas.

Il se tut, mais je savais qu'il pensait aux Européens auxquels nous échappions en faisant cette école buissonnière.

Tenant nos chameaux par la bride, nous marchions dans une lumière cendrée qui lissait les hanches des dunes. Le monde se mouvait à chacun de nos pas. Pour la première fois, l'univers me paraissait fragile. Je réalisais qu'il ne me fallait pas figer les sensations que j'éprouvais mais les respecter chacune dans leur mobilité. Je n'étais pas Mano Dayak, j'étais plusieurs Mano Dayak avec, chacun, une identité différente. J'étais le jouet du désert. Je devais me modeler à toutes ses variantes.

— Abba, raconte-moi encore l'histoire de mon

pays. J'ai besoin de savoir. Est-ce vrai que nous étions les seigneurs du désert ?

— Il est vrai, répondit-il, il est vrai que le peuple touareg a toujours été un peuple farouche. Il est vrai que ses guerriers pillaient les caravanes, prélevaient un impôt sur les marchands d'esclaves, tombaient à l'improviste sur les tribus voisines pour prendre leurs troupeaux. Il est vrai que nous devons combattre les hommes qui tentent de nous asservir.

— Comme le colonel Flatters dont parlait Noukh ag Takas, l'homme qui t'a mis en colère ?

— C'est vrai, les Touaregs l'ont exterminé, lui et ses hommes. Ils savaient que le chemin de fer qu'il était chargé d'installer à travers le Sahara aurait plongé dans la famine les caravaniers et toutes les tribus de la région. En le massacrant, les hommes de l'amenokal* Ahitagel ont retardé de vingt ans l'avancée des Européens.

Le vent bouleversait les dunes par vagues successives et, dans le bruissement du sable, j'entendis mon père murmurer :

— Mano, plus que des Européens, méfie-toi de leurs livres ! Si tu veux rester un homme libre, ne les ouvre jamais.

---

* Amenokal : chef suprême chez les Touaregs. Détenteur de l'*ettesel* : le tambour de guerre.

5

Les leçons que mon père m'inculquait se pliaient à chaque situation. Elles se fondaient avec le soleil, le sable et le ciel. Le paysage m'imposait l'humilité, la chaleur m'enseignait la patience, le silence me permettait toutes les méditations. La main de Dieu me caressait la joue.

Lorsque au soleil couchant nous arrivâmes au puits, je m'étonnai de la fragilité de ce point d'eau perdu dans le désert. Un muret de pierres sèches surmonté d'une fourche en bois.

— Beaucoup d'hommes sont venus se désaltérer en ce lieu, me dit alors mon père. Beaucoup d'hommes sont morts de n'avoir pu l'atteindre.

Tout en détachant de nos selles les outres de peau de chèvres et les cordes en cuir, il me parle des corps que l'on a découverts, perdus dans le désert : des hommes et des chameaux morts de soif, figés dans l'agonie la plus horrible que le Diable ait pu concevoir.

— Ce sont des momies desséchées aux membres crispés, à la bouche déformée par la souffrance.

Souvent des hommes nus que la folie a égarés, des chameaux à la gorge ouverte, une gorge à laquelle les malheureux ont puisé la dernière goutte de sang, boisson plus redoutable que le poison car elle assèche le palais, coagule les sens et alimente les hallucinations.

Il fixe à la fourche de bois la poulie qu'il a tirée de sa selle. Ses gestes sont lents. Après avoir glissé une corde de cuir dans la roue à gorge, il se tourne vers moi et me dit gravement :

— Ce puits a une profondeur de neuf tailles d'homme, la puisette au bout de cette corde contient la moitié d'une *guerba**. Chaque chameau boit environ soixante guerbas. Combien de fois devrons-nous ramener la corde ?

Assis sur mes talons, je m'applique, du bout du doigt, à faire l'opération dans le sable. Un trait, deux traits, trois traits... Quatorze pour un chameau, deux fois quatorze pour deux chameaux, neuf cordes par outre... Je me trompe, recommence. Mon père, en souriant, vient vers moi.

— À quoi sert ce calcul ? me dit-il. Seul le fou compte les grains de sable.

Lorsque la première puisette suintant d'eau apparaît, mon père y plonge une *t'manast*, une assiette en cuivre, qu'il me tend avec gravité.

— Bois ! dit-il. *« Aman iman ! »*

Ce geste cache toute une liturgie.

Halage après halage, nous avons abreuvé nos chameaux. Il semble qu'eux aussi se plient à ce céré-

* Outre d'eau.

monial. La bouche plongée dans le creux de la pierre où nous déversons l'eau, ils boivent à longues gorgées silencieuses.

Le ciel vire au bleu pâle. Sur le sable s'inscrivent de nombreuses traces de sabots de chameaux. Mon père les parcourt des yeux et me dit :

— Kalakoua est passé par ici, il y a moins de deux jours. Kalakoua mais aussi Intalak. Intalak et agg Amghar...

— Comment peux-tu, lui demandé-je, comment pouvez-vous affirmer qu'ils sont passés ici ?

— Je saurais identifier entre mille les empreintes de leurs méhara.

Il se penche et m'indique une trace imprimée sur le sol.

— Observe cette ligne brisée qui va de droite à gauche... et ce creux plus large à l'avant. Il s'agit du sabot du méhari de agg Amghar.

Il me prend par la main et me conduit jusqu'à nos chameaux baraqués dans le sable. Après avoir forcé le mien à se lever, il lui saisit la patte et la maintient au creux de sa cuisse.

— Regarde, me dit-il, cette fissure qui va de la fourchette au talon... Remarque cette aspérité au centre. Grave ces indices dans ta tête et, à partir de cette matrice, essaie de retrouver son moule autour du puits.

Fissure... aspérité. Empreinte après empreinte, je cherche celle de mon chameau, la reconnais enfin au milieu de centaines d'autres. Je m'écrie, fier de ma découverte :

— Elle est là... elle est là... encore là !

— C'est bien, répond mon père en souriant. Tu pourras bientôt conduire une caravane.

Il m'explique que les caravaniers dont il faisait partie étaient capables d'identifier plus de mille empreintes.

— Lorsqu'un animal se perd, c'est souvent, pour son propriétaire, la seule façon de le retrouver. Jadis, les *Imajeghen** débusquaient ainsi les brigands qui avaient osé enlever des animaux de bât au cours des rezzous menés contre les caravanes.

« Ne bouge pas ! me dit-il tout à coup. Regarde sur ta droite !

Le souffle suspendu, je tourne légèrement la tête et aperçois, derrière un monticule, les oreilles d'un fennec. Deux étendards dorés suivis bientôt d'un museau effilé, puis du panache d'une queue. D'un pas élastique, le renard sort de sa cachette. Sans nous quitter des yeux, il rampe jusqu'au puits et lape les quelques gouttes d'eau qui perlent le long de la margelle. Pas une pousse d'herbe, pas la moindre mousse. De quoi peut-il bien se nourrir ?

Posément, il s'approche de nous, se dresse sur ses pattes, s'immobilise dans cette position. Que faisons-nous ici ? Quelles créatures pouvons-nous être ? C'est alors qu'il se met à cracher, fait un bond sur lui-même et détale, aussitôt happé par le désert.

Je trouve injuste cette fuite.

— Pourquoi s'est-il sauvé ? Nous aurions pu

---

* *Imajeghen* : nom par lequel les Touaregs se désignent eux-mêmes.

peut-être lui donner quelques grains de mil, essayer de l'apprivoiser, le ramener chez nous...

La main levée, mon père me répond :

— Nu, il est entré dans ta vie et nu il en est sorti. C'est le plus grand cadeau que cet animal t'ait offert. Le plus grand cadeau qu'un jour, tu feras à Allah.

Je me souviens aussi de ce papillon qui vint se poser près de nous sur le sable. L'éventail de ses ailes rouges et bleues s'écartait et se refermait comme un souffle.

— D'où vient-il ? demandai-je à mon père.

— Ne t'accroche pas à ce qui a été, à ce qui sera peut-être. Ce genre de questions t'empêche de vivre l'instant présent et, par là même, de voir dans cet insecte un message du ciel.

Cela fait plus d'une semaine que nous nous déplaçons de puits en puits. Mon père me laisse tracer la route. Au crépuscule, les Filles de la Nuit me dirigent. Lorsqu'elles rejoignent le firmament, Orion prend la relève. Une fois qu'Orion a disparu, c'est l'heure de baraquer, de préparer le repas, de manger, de veiller. Au retour, Vénus relayée par *Izalan*, une petite étoile qui se couche à minuit, m'orientera vers l'ouest, vers ma mère...

Allongés sous les étoiles, les yeux fixant le ciel, mon père m'abreuve de légendes : celle d'Ialla, la gazelle aux cornes d'émeraude entourées de sept cercles d'argent, celle de Zina, la chienne qui aboie à la lune, celle de Tâtrit-tan-toûfat accroupie à l'orientale, de Far, la souris qui guide le méhari, celle des mauvais génies qui volent les enfants.

— Les djinns aiment l'eau, ils en ont besoin comme nous, ils ont soif comme nous. Alors quand un enfant repose, toujours, toujours, après les naissances, ils voient ce petit corps mou et noir à l'abri d'une couverture. Ils croient que c'est une guerba d'eau que l'on a posée près d'une mère malade pour apaiser sa fièvre et ils l'emportent. Mais si la mère marque le front de son enfant d'un trait de khôl, ils penseront que c'est une guerba fêlée et ils l'ignoreront...

Timidement, je lui demande :

— Ma mère a-t-elle marqué mon front de khôl ?

— Sans doute, répond-il. Les femmes savent toujours ce qu'il faut faire pour écarter le mal. Les femmes savent tout.

Rien d'autre que ces mots, mais je sais qu'à cet instant, ses pensées traversent le désert pour rejoindre notre oued où ma mère nous attend. Où qu'il aille, le Touareg ne se séparera jamais de son épée... ni de l'image de la femme qu'il aime.

Au fil des jours et des semaines, j'arrachais, un à un, ses mystères au désert. Je pouvais rester assis toute une journée devant une dune et ne jamais assister au même spectacle. Au cours des heures, elle bougeait, se parait de couleurs différentes. Devant cet enchevêtrement de sable et de vent, la vie prenait une tout autre dimension. Mon corps n'existait plus. Ma chair faisait la paix avec mon âme. Je vivais le Sacré.

Ce Sacré se matérialisait à chaque instant. Ainsi,

le papillon, le fennec, l'herbe qui tourne sur elle-même dans un cercle parfait. Ainsi le vent de sable qui précède l'orage.

Un jour, sous ces rafales, mon père et moi avons affronté l'inconnu et la peur. Nous étions le jouet de la colère d'Allah. Abrités derrière nos chameaux, nous progressions courbés, le visage dissimulé derrière nos voiles presque arrachés par le vent. Sous la morsure des grains de sable, nos yeux brûlaient de fièvre. Malgré le taguelmoust, nos lèvres se craquelaient. L'horizon s'enracinait jusqu'à former un bloc infranchissable. Il ne nous restait plus qu'à faire baraquer nos chameaux. Les naseaux obstrués par le sable, les pauvres bêtes respiraient avec difficulté. Les yeux collés, elles cherchaient en vain à se débarrasser du sable en frottant leurs museaux sur leurs cous repliés. Nous les avions soulagées de leurs selles pour en faire un écran derrière lequel, la tête au ras du sol, elles n'osaient plus bouger. Le ciel n'existait plus. Nous étions enfermés dans une prison mouvante.

Un coup de tonnerre, répercuté à l'infini, vint ébranler le ciel. À ce grondement le vent répondit par un coup de butoir qui emporta les selles des chameaux. Pour parfaire la colère des cieux, une pluie de grêlons s'abattit aussitôt, rabattant en spirales les rafales de sable. L'horizon déchiré se dégagea soudain. Des éclairs le marbraient de griffures de feu. Les dunes, variolées par les gouttes de pluie, étaient passées au bistre. Puis, ce fut le silence, lourd, pénible, étouffant. Le sol libérait d'insignifiantes fumerolles, de dérisoires aigrettes de vapeur d'eau.

Mon père me serra contre lui et me dit :

— Il n'est rien qui sèche aussi vite que les larmes, et le chagrin n'est pas de mise dans le désert.

Le ciel se drape de mauve. En son centre, la lune resplendit. Elle découpe les contours du puits auprès duquel nous passerons la nuit, profile la silhouette des chameaux, écorne celle des hommes assis autour du feu.

Depuis notre entrée dans le désert, c'est la première fois que nous croisons des êtres humains : deux chameliers qui vont rejoindre le puits de Berghot où ils rempliront leurs outres et rassembleront la paille indispensable à la nourriture des animaux pour la traversée du Ténéré. Demain, ils affronteront le désert, passeront devant l'arbre du Ténéré et se dirigeront vers Fachi où plus de mille chameaux menés par d'autres chameliers les attendent avant de prendre la piste pour Bilma.

Les treize chameaux qui les accompagnent sont chargés de mil, de sucre et d'autres objets qu'ils espèrent vendre au bout de leur longue route. Audessus sont encordés des bottes de paille, des mortiers, des marmites et du bois pour faire cuire leur nourriture. Si le bois vient à manquer, ils utiliseront des crottes de chameaux.

Parmi eux, un garçon de mon âge. Il s'appelle Kadi.

— C'est la première fois, me demande-t-il, que tu vas à Bilma ?

Il ne doit pas savoir que j'échappe aux gardes qui enlèvent les enfants et les enferment dans des prisons dont on ne sort jamais. En même temps, je ne peux lui mentir. Je cherche un subterfuge, finis par répliquer :

— Il y a quatre jours, j'ai trouvé une fleur qui parfumait tout le désert. Tu me crois ?

— Je te crois, répond-il. Je te crois.

Son regard est triste, son menton tremble. C'est sûr, il va pleurer.

— Que se passe-t-il, Kadi ?

Il me prend par la main et m'entraîne en courant derrière le puits où sont entravés les chameaux.

— Je sais qu'ils vont me torturer, dit-il en sanglotant.

J'ai du mal à comprendre ses mots. Avec un pan de ma gandoura, je lui essuie la joue, essaie de le calmer. Il se dégage et se met à crier.

— Ils feront avec moi comme ils ont fait avec Karsane. Ils m'obligeront à ramper devant eux, à manger des crottes de chameaux, à porter une selle sur mon dos...

— Qui est Karsane ?

— Mon meilleur ami. Il n'est jamais revenu.

— Mais qui peut faire ça ? Les chameliers qui t'emmènent à Bilma ?

— Je ne vais pas à Bilma, riposte-t-il en serrant les poings. Je retourne à Bedeï où se trouve mon oued. Ils seront là avec leurs fusils. Il m'attacheront les mains et me traîneront derrière leurs méhara.

Brusquement, je comprends. Comme moi, il a pris le désert pour échapper à l'école des Européens.

Comme moi, il est un fugitif. D'un seul coup, je suis pris de panique.

— Tu es certain de ce que tu dis ? Ils obligent les enfants à ramper, à manger des crottes de chameaux...

— Pire que ça !

— C'est vrai, les selles sur le dos ?

— Pire encore ! Ils t'enferment dans des grottes et font venir des djinns qui te mangent le cœur.

Il me raconte l'histoire de ses deux amis Balal et Aftak. Ils gardaient des chèvres qui avaient, par mégarde, traversé un groupement nomade de l'armée. Ils étaient âgés de huit et six ans. Pour les punir, les gardes avaient placé le plus âgé au soleil et avaient ordonné au plus petit de se mettre à l'ombre du drapeau dans la cour du camp. Sa punition consistait à se déplacer sans cesse à la poursuite de l'ombre du petit tissu, au gré des vents, toute la journée !

Je ne veux pas y croire. Si c'était vraiment ça, mon père me l'aurait dit, mon frère me l'aurait dit. Même le voyageur venu au campement, quelques jours avant ma circoncision, n'aurait pas hésité à parler de ces tortures. Il les aurait apprises par son fils Abarad.

Maintenant, j'ai sincèrement peur.

— Tu es sûr de ne pas te tromper ?

— Non seulement je ne me trompe pas, mais le père de Karsane a raconté au mien que l'école était un piège destiné à faire des enfants touaregs des traîtres chargés de dénoncer leurs mères et leurs pères. Ils veulent tous nous soumettre.

Nous rejoignons les hommes assis autour du feu de camp. Tout en buvant leur thé, ils scrutent la surface de la lune. Ses cratères et ses mers deviennent des pâturages, des champs de mil, des palmeraies et, là, au centre, ce point noir qui évoque un arbre, l'arbre qui a toujours obsédé l'homme du désert.

Les yeux fermés, Yadh, le père de Kadi, psalmodie :

— Allah a donné à cet arbre sept branches, sur chacune de ces branches, reposent sept nids, dans chaque nid, logent sept oiseaux, chaque oiseau a sept becs...

— Sept branches, sept nids, sept oiseaux, sept becs, répètent les autres chameliers.

Depuis des lunes et des lunes, à la veillée, les hommes font le même calcul. Sept que multiplie sept, que multiplie sept... Combien d'éléments se trouvent contenus dans cet arbre lunaire ? Jamais personne ne trouve la solution. Les Touaregs n'aiment pas compter. Compter c'est épargner, tromper, valoriser, juger. C'est exalter les fausses valeurs.

— Arrêtons là ! s'exclame soudain Yadh, le père de Kadi. Le chiffre sept est le chiffre des anges. On ne se mesure pas avec les anges. Jongler avec le sept, c'est vouloir comme Ingad épouser Ghaïchata.

— Quel est cet Ingad dont tu parles ? lui demandent les hommes autour du feu.

C'est l'heure des légendes que le silence et le désert engendrent. C'est l'heure où le Petit Prince apparut à Saint-Exupéry.

— Ingad, commence Yadh en aspirant une prise de tabac dans le creux de son poing, Ingad, un jeune chamelier, marchait le long d'un oued lorsqu'il aperçut une jeune fille très belle du nom de... Ghaïchata.

Il ferme les yeux. Après une longue inspiration, il ajoute :

— Ce qu'Ingad ne savait pas, c'est que Ghaïchata était une sorcière qui possédait sept langues. Avec chacune d'elles, elle pouvait à la fois tresser un panier, ciseler un bracelet, mouler une poterie, traire ses chèvres et se livrer à d'autres occupations.

Il est perdu dans ses chimères. Il improvise, cherche ses mots, jongle avec eux. C'est Ingad épris de Ghaïchata, Ghaïchata qui veut bien accepter d'épouser Ingad...

— Il avait hâte, poursuit-il, pantelant, il avait hâte de demander à son père l'autorisation de se marier avec cette fille qui l'avait envoûté.

Étendant le bras, mon père saisit une poignée de bois qu'il lance dans le feu. Dans la clarté des flammes, le visage des hommes s'illumine. Tous sont suspendus à l'histoire de Yadh.

— J'espère que son père lui a parlé en père, hasarde Ener, le chef caravanier.

— Bien sûr !... Il lui a dit : « Fais attention, mon fils, ta Ghaïchata est peut-être cette sorcière qui vit dans le désert. Ce n'est pas du sang qui coule dans ses veines mais un liquide pâle. Avant de vouloir nouer la tente avec cette jeune personne, tu ferais mieux de la piquer avec une aiguille. Si de sa blessure sort du sang, ramène-la, mon fils. »

La voix de Yadh s'est adoucie. Il a oublié les hommes qui l'entourent. Maintenant, il est seul avec Ingad et Ghaïchata, et nous sommes obligés de nous serrer autour de lui pour entendre ses mots.

— Alors... alors, murmure-t-il, à peine de retour chez sa belle, Ingad choisit une branche d'acacia bardée d'épines et piqua Ghaïchata au doigt.

Arrivé à ce point du récit, Yadh se tourne vers mon père et lui dit :

— Maintenant, Dayak, à toi de continuer l'histoire. Tu peux très bien imaginer la suite.

C'est le jeu. Tour à tour, chacun va prendre le relais, faire assaut de poésie et d'imagination.

— De l'écorchure coulait un liquide jaunâtre, enchaîne mon père aussitôt. Ingad sentit son cœur se transformer en glace. Il ne pouvait admettre qu'une jeune fille aussi belle fût une *talchint*, une sorcière. Aussi, lorsqu'il retourna au campement, il mentit à son père, lui racontant que ce n'était pas du sang mais du rubis qui était sorti du pouce de Ghaïchata. Rassuré, le père lui offrit sept vaches, sept chèvres, sept moutons et le plus beau de ses chameaux. « Maintenant, lui dit-il, va rejoindre la jeune fille que tu aimes et offre-lui ces quelques bêtes en dot ! »

C'est au tour de Yadh de prendre la relève. Sans tarder, il raconte :

— Enlacés sur leur chameau, suivis de leur troupeau, Ghaïchata et Ingad avançaient dans le désert et les chansons que chantait Ghaïchata étaient de purs joyaux. Au premier puits où ils firent halte, Ingad s'endormit aussitôt. À son réveil, les sept moutons qu'avait offerts son père avaient disparu comme par enchantement. « Ce sont les chacals ! se lamenta Ghaïchata. Ce sont eux, j'en suis sûre. » Ils repartirent à la minute même et ne s'arrêtèrent que lorsqu'ils tombèrent de fatigue...

Sur un signe de mon père, c'est à Bazo d'improviser. Rougissant, il bafouille quelques mots sans grande conviction :

— Le lendemain, à leur réveil, les sept chèvres avaient elles aussi disparu. Les sept chèvres et les sept vaches aussi...

Le doigt levé vers les étoiles, Yadh demande la parole. Après tout, l'histoire lui appartient. Il ne veut pas qu'un autre la saborde.

— Ce soir-là, lance-t-il d'une voix retentissante, ce soir-là, Ingad entrava son chameau très loin du point d'eau au creux duquel Ghaïchata et lui s'assoupirent. Alors qu'il s'était endormi, Ingad s'éveilla en sursaut. Des gémissements suivis de hurlements effroyables lui parvenaient de l'emplacement où il avait attaché son méhari. Il courut aussi vite qu'il put et surprit Ghaïchata en train de dévorer la patte arrière de l'animal qu'elle tenait emprisonné avec ses sept langues. Avant même qu'Ingad eût le temps de réagir, elle avait arraché une deuxième patte au chameau... et bientôt une troisième patte.

— Comment cela est-il possible ? demande mon père, goguenard. Le chameau n'est pas mort ?

— Non ! l'interrompt Yadh, furieux. Non,

Dayak ! Sautant comme un ressort sur son sabot unique, l'animal parvint avec Ingad jusqu'à un arbre solitaire qui poussait là, dans le désert... Aussitôt, Ingad prononça quelques phrases magiques apprises de sa mère et l'arbre se coucha afin de permettre à Ingad et à sa monture de grimper dans ses branches. Se redressant sur-le-champ, l'arbre se mit à pousser et s'éleva si haut que Ghaïchata eut beau lancer ses langues, elle ne parvint pas à atteindre Ingad.

— Je vois ! interrompt Ener. Maintenant, Ingad n'avait plus qu'à attendre que Ghaïchata se lasse, que Ghaïchata, privée d'eau et de nourriture, s'affaiblisse et meure.

Kadi et moi sommes terrorisés.

— Elle est morte ? demandons-nous en chœur.

Yadh pointe un doigt menaçant vers le ciel :

— Par Allah, s'emballe-t-il, bien sûr qu'elle est morte. Ingad la vit se dessécher, se tordre de douleur puis rendre au diable son ultime soupir. Il attendit cependant que son corps fût réduit en poussière avant de se laisser glisser le long du tronc de l'arbre. À un mètre du sol, il décida de lâcher prise. Il sauta et son pied s'embrocha sur une côte de Ghaïchata qui dépassait le sable. Il est mort dans les pires souffrances...

— Et quelle est la morale de ton histoire, Yadh ? lui demande mon père.

Yadh se tourne vers lui et lance en éclatant de rire :

— Elle a plusieurs morales, Dayak. D'abord l'amour rend fous les jeunes. Désobéir à son père en lui mentant est mauvais. Ensuite, le pouvoir des femmes est immense et le méhari est le meilleur et le plus fidèle compagnon du Touareg. N'oubliez pas cela, Mano et Kadi.

La lune se couche à l'horizon. L'arbre aux sept branches est devenu l'arbre de Ghaïchata. Demain, Ener et son commis Bazo prendront la piste qui conduit à Bilma en pensant à Ingad, le jeune chamelier... et au chameau qui court sur une patte.

Une belle légende vaut toutes les oasis.

6

Yadh remercie Ener. Le chef caravanier a accepté de conduire aux salines de Bilma ses chameaux, huit robustes bêtes de somme de la région de l'Azawagh. Avec les deux autres chameaux qu'il possède, cela fait à Ener et à Bazo dix animaux de bât à convoyer à travers le désert. Ener vit du commerce de la terre salée depuis plus de vingt ans. Son métier : traverser le Ténéré en longues caravanes et ramener les pains de sel coniques fabriqués à Bilma. Une denrée précieuse que l'on troquera sur les marchés du sud contre du mil, du thé et des étoffes. En tant que convoyeur, Ener aura droit à la moitié de la charge des chameaux que Yadh lui a confiés. Il a fait le calcul. Avec trois pains de sel, il achètera un sac de mil de cent kilos ou deux chèvres. S'il veut un bon chameau, il lui faudra donner dix sacs de mil, soit quinze pains de sel. En vingt ans, Ener a pu s'acheter dix chameaux. La dernière grande sécheresse les a tous décimés. Il doit recommencer, se battre jusqu'au bout. Jusqu'à quand devra-t-il affronter le désert ? Il sait qu'il est à la merci du vent de sable qui efface les pistes, du puits qu'il ne trouvera pas. L'année dernière, un ami de son frère n'est jamais revenu de Bilma. On l'a retrouvé mort à une journée de marche du point d'eau qu'il cherchait à atteindre.

Ployant sous leurs charges, les chameaux, attachés les uns derrière les autres avec des cordes, sont déjà prêts pour le départ. En plus du fourrage et du bois, ils portent sur leurs bâts des sacs de sucre, de thé, de tabac, des pains de beurre rance, des urnes remplies d'huile, tous ces produits que Ener troquera contre du sel et des dattes.

Kadi et moi tournons autour des bêtes. Nous aimerions partir avec Ener, le suivre jusqu'à Bilma où, paraît-il, les caravaniers sont fêtés par des centaines de danseurs et de danseuses qui viennent à leur rencontre en jouant du tambour. Nous aimerions assister à l'arrivée des armées de chameaux dont les longues files vont noircir les dernières bandes du désert.

— Ça te plairait de venir avec nous ? me demande le chef caravanier.

À ses côtés, mon père me sourit.

— Avant de rejoindre ta mère, me dit-il, j'ai pensé que tu serais content de voir Tafagak, l'Arbre du Ténéré. Ener a accepté que l'on se joigne à lui.

— Et Kadi ?

— Kadi doit retourner chez lui avec son père. C'est bientôt la grande transhumance.

— Les bêtes ont besoin d'eux, souffle Ener. Ce sont elles qui disposent de l'homme.

Le ciel vibre. En tête de colonne, Ener a revêtu son habit d'apparat à raies rouges et vertes. Il le gardera pendant tout le voyage qui durera trois mois. À son retour, il le rangera soigneusement et ne s'en vêtira que pour une noce ou un baptême. Ici, dans l'infini des sables, son rang exige cette noblesse.

La file des chameaux ondule d'un pas régulier, économe. Elle ne doit pas interrompre son chapelet vivant car, alors, les bêtes se prendraient dans les cordes, se battraient pour manger la paille que porte leur voisin, risqueraient de perdre leurs charges.

Depuis ce matin, une antilope addax nous emboîte le pas. Sa robe blanche est marbrée de taches brunes. Sur son front, une large trace noire sépare ses longues cornes torsadées. On pourrait penser qu'elle est apprivoisée.

— Cet animal est méprisable, fait observer mon père. D'habitude, les addax ne s'aventurent pas sur les pistes des hommes qui les ont massacrés les uns après les autres. Ceux qui restent se cachent dans les sables. Jamais, on ne les voit près des puits et des oueds.

— Comment font-ils alors pour se désaltérer ?

— L'addax peut rester plus d'une année sans boire. Par quel mystère ? Personne ne le sait. Si celui-ci nous suit, c'est pour ramasser les miettes de fourrage qui tombent de la caravane. En acceptant ces miettes, il a perdu sa dignité.

Si les hommes de la caravane ne lui font pas la

chasse pour sa viande chargée de vertus, c'est pour économiser leur énergie avant d'entamer la grande traversée du Ténéré. Leur survie dépend de cette énergie et de tout leur courage pour atteindre Bilma, sur l'autre rive de cette grande étendue sans eau, sans pâturages et sans vies. Ils l'aborderont demain avec respect et angoisse car ils savent combien de caravanes ce grand désert a déjà englouties. Ce désert symbolise à la fois la beauté, la mort, le courage et la lutte. Notre peuple perpétue sa culture à travers cette caravane qui continue de résister au désert, au temps et à l'histoire avec son lot de modernisme et ses camions.

J'aimerais oublier l'arbre du Ténéré, oublier cette carcasse de camion qui, les roues plantées dans le sable, dressait sa calandre vers le ciel, oublier les traces de pneus mêlées aux traces de chameaux. J'aimerais oublier cette griffe d'avion inscrite dans l'espace.

— Une bassine volante, disaient les chameliers, les yeux fixés sur la cicatrice qu'il laissait derrière lui.

Et pourtant, tout était magnifique. À l'horizon, des centaines et des centaines de chameaux, chargés de vivres ou de pains de sel, s'entrecroisaient. Les hommes se lançaient des cris de joie à chaque rencontre. D'autres menaient la caravane en entonnant des chants pleins de nostalgie pour leur lointain campement. Regarder ces interminables chapelets de chameaux cheminant à travers l'infini du désert fut l'un des souvenirs les plus émouvants de mon enfance. Jamais je n'oublierai ces images.

Les uns se rendaient vers le nord, les autres se dirigeaient vers Agadez et les marchés du sud. Les chameliers qui, faute d'herbage, n'avaient pu franchir l'étendue du désert s'étaient groupés autour de l'épave du camion que des soldats français avaient abandonnée. Ceux-là venaient de Fachi, la dernière oasis avant celle de Bilma où le sel est plus pur et se vend bien plus cher. Pour soulager leurs bêtes, ils avaient déchargé les longs pains de sel gris emballés dans des nattes tressées avec des feuilles de palmiers doum.

Ce qui me désolait le plus, c'était cette carcasse métallique qui portait l'écusson Dodge et ces traces de pneus incrustées dans le sable. Ils souillaient le désert. Ils étaient déjà une frontière entre nous, les enfants des nuages, et les hommes de la matérialité.

Tafagak, l'Arbre du Ténéré me parut minuscule. Il ne portait pas de feuilles. Ses branches chétives semblaient mortes. Comment avait-il réussi à s'imposer non seulement aux nomades mais aussi à tous les Européens qui avaient inscrit son nom sur leurs atlas ? Comment était-il parvenu à vivre si longtemps seul au centre du désert ?

Longtemps, longtemps après sa mort je compris que cet arbre était un Touareg*.

Ma mère est là, là où nous l'avions quittée.

* Le fameux Arbre du Ténéré a disparu en 1972. Un conducteur libyen le renversa avec son camion. Ses restes sont exposés au musée de Niamey. Une sculpture en tubes métalliques le remplace aujourd'hui.

Comment a-t-elle pu apprendre le jour de notre retour ?

Une légende dit que lorsqu'une caravane tardait à revenir, les femmes, dans leurs plus belles toilettes, se couchaient avant le lever du jour sur les vestiges des tombes préislamiques des Kel Arou, les gens d'avant, disséminées dans le désert. Dans leur sommeil, elles pouvaient suivre à distance leurs fils et leur mari, dire s'ils s'étaient perdus, s'ils avaient été attaqués ou à combien de jours de marche du campement ils se trouvaient.

Jamais, mon père et moi n'avons eu l'insolence de demander à ma mère si elle possédait ce don de double vue.

Tendrement, elle flatte le cou de nos chameaux. Rien d'autre que cette caresse qui signifie : « Merci de me les avoir ramenés. »

— Où allons-nous ? lui demande tout simplement mon père.

— Nos bêtes nous attendent derrière la montagne. Nous avons changé d'oued avant d'entreprendre la grande transhumance.

Sans poser de questions, elle me regarde un long moment et dit :

— Mano, le soleil a sculpté ton visage. Cela te va très bien.

Il me faudra attendre d'être seul avec elle pour lui parler de mon initiation au royaume des sables.

Je me souviens que je mélangeais tout. Dans le plus grand désordre, je lui parlai des étoiles qui m'avaient paru plus belles que celles qui brillaient ce soir-là. Je lui parlai des innombrables pousses d'herbe qui naissaient sous la pluie et cessaient d'exister au bout de quelques heures. Je lui racontai la morsure du vent, la couleur et l'arôme des eaux de nos différents puits, l'addax obligé de mendier, la danse des gazelles, les sculptures du sable. Je lui décrivis l'Arbre du Ténéré qui m'avait paru si triste avec ses branches mortes.

— Tu l'as connu au mauvais moment, me dit-elle. Au début de la saison des pluies, ses feuilles sont fines comme des larmes et vertes comme la menthe fraîche. Ses fleurs sont jaunes et odorantes... Ton père m'y a conduite lorsque j'avais seize ans avec notre campement. En ces temps l'herbe pouvait encore pousser là-bas.

Ses yeux brillaient. Dans sa bouche, le petit arbre était une oasis.

La terre aride n'offre plus que des touffes de paille. Les eaux à la surface du sol ont disparu. Les vaches et les brebis ne donnent plus de lait. Comme tous les ans, à la veille des nouvelles pluies, hommes et bêtes vont se transporter vers l'ouest pour trouver l'herbe salée qui apportera au troupeau les éléments minéraux dont il a été privé pendant de si longs mois. Mes frères Feltou et Eddoua, partis en éclaireurs, ont repéré l'emplacement où l'eau ne manquera pas, l'eau et les pâturages. Il se trouve à cinq journées de marche autour des sources de Tegguida n'Tessemt.

C'est la « Cure salée ». Le campement est en fête. Il va bientôt rejoindre les autres campements en route pour Tegguida. Des centaines d'hommes et de femmes vont se croiser, se découvrir, parler de leurs vies respectives. En attendant, les bergers courent à la recherche des brebis égarées, d'autres contrôlent les pieux où les veaux et les chamelons sont attachés. D'autres, encore, traient les chèvres et les chamelles, versent le lait dans des outres de cuir ou dans des calebasses. Les femmes ont détaché les lanières qui retiennent les tentes. Elles ont déjà enroulé les nattes des lits autour de leurs montants. Les chameaux de bât et les ânes sont chargés posément. Il ne faut surtout pas oublier les écuelles, les mortiers, le trépied des marmites de fonte, la théière, les bassines pour la pâte de mil... vérifier que les guerbas sont bien étanches, les sacs de farine bien cousus, le beurre rance à l'abri dans ses outres. Les hommes sellent leurs méhara, suspendent à leurs flancs les sacs de cuir finement décorés. Les jeunes filles se parent de bijoux, se coiffent de tissus multicolores. À l'écart, les forgerons amarrent leurs outils et leur forge sur le dos de leurs ânes et de leurs chameaux.

Je suis chargé avec mes camarades Amghar, Intalak et Mawli de lier les pattes des chamelons et des veaux nouveau-nés qui sont hissés sur le dos des bêtes de somme. Les chiens aboient, jappent, courent à travers le campement. Ils ne comprennent pas toute cette effervescence.

Le départ est donné. Suivis des femmes montées sur les ânes et des chameaux lourdement chargés, les hommes ouvrent la marche. Sans chercher à s'échapper, les chèvres et les moutons serrent la caravane. Les vaches et les chamelles sont escortées par les jeunes bergers qui les font avancer à la voix. À aucun moment, les animaux ne songent à se soustraire à cette marche forcée. Quelle force les anime ? L'instinct ou le souvenir des pâturages vers lesquels ils se rendent chaque année ?

Juchés sur leurs méhara, les jeunes gens tournent autour des jeunes filles, leur lancent des compliments, essaient d'arracher au passage les voiles qui les coiffent. Épées levées au-dessus de leurs têtes, certains se défient à la course, lancent le cri de guerre des Touaregs, emballent leurs chameaux. Les jeunes filles les encouragent de la voix. Ce soir, autour du feu, elles chanteront leurs louanges et, peut-être, lorsque le campement se sera endormi, iront-elles les rejoindre derrière quelque rocher discret.

Il y a un an, les gendarmes du désert sont passés et ont enlevé Ghabidine, le plus jeune frère d'Intalak. Avant de partir, ils ont demandé à Moustapha, le forgeron, de prévenir ma mère.

— On sait qu'elle cache son fils Mano. C'est une infraction qui risque de lui coûter très cher. Comme Ghabidine, Mano a l'âge d'être écolier.

Moustapha s'est contenté de répondre que j'étais parti aider la belle-famille de mon frère dans la vallée du Zagado mais qu'il ferait le message. Pour le récompenser, mais surtout pour le faire taire, mon père a dû lui donner un mouton et deux chèvres.

Les forgerons ont la langue crochue.

C'est vrai, j'étais chez mon frère dans la vallée du Zagado. C'est là qu'il a lié la tente avec une jeune femme des Kel Tadalé. Il apprivoise des ânes sauvages que les Arabes achètent pour les mettre dans des camions qui partent vers le nord. Il paraît qu'ils font ça pour amuser les enfants des Français ; pourtant, les ânes de mon frère ne sont guère amusants. Ils ne servent à rien et ils cassent les clôtures à coups de sabot.

C'était la deuxième fois que mes parents m'éloignaient du campement pour échapper aux gardes. J'avais neuf ans. Je rêvais de partir pour Bilma, de devenir un grand caravanier.

Ma sœur Tahédag marche devant moi. Elle boude. Pour la forcer à m'emmener au puits, je me suis allongé au soleil et j'ai refusé de bouger jusqu'à ce que ma mère l'oblige à me traîner derrière elle. C'est mon ultime chantage. Il me permet d'imposer la plupart de mes caprices : une poignée de dattes, un bol de lait caillé, une part supplémentaire de semoule de mil.

Tahédag est furieuse. D'abord parce qu'elle estime qu'il faut être malade pour s'exposer aux brûlures du soleil, ensuite, parce qu'au retour elle voulait se baigner dans une retenue d'eau réservée aux filles.

Pour me faire pardonner, c'est moi qui ai attaché les guerbas sous le ventre des ânes.

Nous nous enfonçons dans le dernier vallon qui abrite nos tentes. Nous avons fait la paix. Tahédag est incapable d'avoir de la rancune.

Alors que nous tirons nos ânes, j'aperçois ma mère qui court à notre rencontre.

— Que se passe-t-il ? je me mets à crier.

— Va te cacher ! Le garde est là, Mano !

Il est là, en effet, juché sur son chameau. Il tient un fusil à la main. Je détale, escalade les versants du vallon, le garde à mes trousses. Je suis pris de panique et mes jambes refusent de m'obéir. Un autre garde, que je n'avais pas vu, me barre le chemin. Il m'agrippe par le bras, refuse de me lâcher. Je me débats, donne des coups de pied. L'autre garde accourt, tente de me rassurer.

— N'aie pas peur ! Personne ne veut te faire de mal.

Ils me ramènent au campement. Je suis paralysé par la peur. Je parviens pourtant à m'échapper. Je me précipite aussitôt dans la tente de ma mère et plonge sous le lit. Les goumiers parviennent à me faire sortir de ma cachette. Ma mère s'est évanouie. Des femmes lui passent de l'eau sur le visage. À l'écart, le marabout chuchote des incantations. Mon père vient d'entrer. Il murmure à ma mère :

— Calme-toi. Demain, Mano sera libre. Je sais ce qu'il faut faire.

7

Je suis pris dans la souricière. Rien ni quiconque ne pourra me délivrer. Même mon père n'a rien pu faire. Lui, pourtant si fier, est allé à Agadez supplier le commandant du cercle.

— Je suis vieux, lui a-t-il dit. Mano est le seul à pouvoir s'occuper de mon troupeau. C'est aujourd'hui que j'ai besoin de lui, pas quand je serai mort. Vous n'avez pas le droit de me l'enlever.

Le commandant du cercle n'a rien voulu entendre.

Il y a longtemps que les Français n'ont plus peur des Touaregs...

C'était comme si on m'amenait à l'abattoir. Je pleurais et, à travers mes larmes, tout devenait confus : les tentes, les gens devant les tentes, tous ceux de ma famille paralysés d'effroi. Sans un mot, le garde m'a hissé sur son chameau. Je ne songeais même plus à me débattre.

Je me souviens encore de ce chemin de croix, moi accroché à la selle du garde, ma mère suivant sur le dos de son âne, ma sœur et mon frère fermant la marche, à pied. Nous remontons notre oued bordé de tamaris et de grands acacias. Jamais ils ne m'ont paru aussi verts. Les arbres sont beaux quand on va les quitter... Tout à l'heure, au bout de ce trajet, le monde s'arrêtera. On m'enfermera peut-être dans un camion comme les ânes de la vallée du Zagado...

Je souris à ma mère. Je dois la rassurer. Maintenant, elles sont finies et oubliées nos parties de cache-cache pour échapper à l'école française. Je n'aurai plus à me terrer dans le désert, à m'aplatir dans les herbes ou à grimper aux arbres à la moindre alerte. Voici le puits où j'ai tant de fois conduit les chèvres et les chamelles. Je ne le verrai plus.

Tout au long de la piste, des femmes et des hommes sont venus assister à mon calvaire. Ils se sont déplacés pour me dire adieu.

« Matilan, matilan ! » murmurent-ils à mon passage.

Matilan, matilan... Il faut bien accepter.

Les femmes pleurent. Je les entends crier :

« Le pauvre, il est perdu ! »

Ma sœur et mon frère soutiennent ma mère. Sans eux, elle tomberait.

— Pourquoi t'en prends-tu à Mano ? lancent-ils au goumier. Tu n'as donc pas d'honneur ?

Ma mère sanglote. Elle aussi le supplie :

— C'est mon dernier enfant. Laisse-lui la vie sauve !

Le goumier, honteux, tente de la rassurer :

— Ton fils ne craint rien. Tu pourras le voir quand bon te semblera.

Un palmier doum immense, des acacias encore. Nous sommes dans un oued que je ne connais pas. Combien d'heures nous a-t-il fallu pour arriver ici ? Je ne saurais le dire. Je suis anesthésié.

Ma mère est là. Ma mère et mes sœurs Rhalla, Raïcha et Tahédag... et mes frères Rhamer et Eddoua. Le goumier a baraqué son chameau pour me faire descendre devant une tente bleue. Elle est si grande qu'elle pourrait contenir tout un troupeau de chèvres. C'est la première fois que je vois une tente en tissu. Un homme vêtu d'un boubou vert en sort et s'approche de moi. Il a baissé son chèche noir et son regard est doux. Après avoir salué ma mère, il se tourne vers moi et dit en tamasheq :

— Je m'appelle Adbourahmane Tchamma. Je suis ton instituteur. Et toi, comment t'appelles-tu ?

Je ne veux pas répondre.

— Allons donc, je sais que ton nom est Mano.

Il n'a pas l'air méchant mais il faut se méfier des djinns qui vous sourient.

— Quel âge as-tu ? dit-il, en élevant la voix.

Ma mère s'interpose :

— En quoi cela peut-il t'intéresser ? Il est né l'année de la grande sécheresse, celle qui précédait la grosse pluie de criquets... Bien sûr, cela ne te dit rien. Tu n'es pas touareg.

— Je suis né dans le massif de Guissat, à quelques

jours d'ici, murmure-t-il doucement. Mon père était berger.

— Si tu es touareg, tu dois laisser repartir cet enfant.

— Je ne peux pas. L'école est obligatoire et Mano doit s'instruire.

Il se tait et ajoute :

— S'ils veulent survivre, les Touaregs doivent accepter l'enseignement offert par le gouvernement français.

Il nous invite à prendre place à l'ombre du palmier. Je le regarde, effrayé. Il a sorti de la poche de sa gandoura deux gris-gris malfaisants : une sorte de plume qui crache un venin noir et un drôle de Coran aux pages quadrillées.

— Voyons, marmonne-t-il, Mano, fils de Dayak, né... né le...

La pointe de sa plume dessine sur le livre des signes que je ne connais pas. Maintenant, il lève les yeux au ciel et compte avec ses doigts.

— Voilà, finit-il par lâcher, d'après la sécheresse et la pluie de criquets, tu serais né aux alentours de 1950.

Il se tourne vers ma mère et lui dit calmement :

— C'est tout pour aujourd'hui. Vous pouvez maintenant le ramener chez vous. Il commencera l'école la semaine prochaine.

Et pour être certain de s'être fait comprendre, il trace sur le sol sept traits parallèles.

— Je vous informe que s'il ne se présentait pas à la date requise, ajoute-t-il avec des mots savants, je vous informe que vous et votre mari auraient des tas d'ennuis avec l'administration française. Je la connais, elle ne plaisante pas.

— Où faudra-t-il aller ? demande ma mère, inquiète.

D'un geste vague, il désigne la tente, répond en tamasheq :

— Demain, je démonte ce chapiteau pour l'installer dans la vallée de Tirsal, pas très loin de votre oued. L'administration coloniale a choisi cet emplacement parce qu'il se trouve à égale distance des différents campements de la région. Vous voyez, ce ne sont pas les enfants qui suivent l'école, c'est l'école qui suit les enfants.

Ma mère est sceptique. Pour elle, il s'agit d'une ruse. Comment se fait-il qu'il n'y ait pas d'autres enfants dans cette étrange école ? C'est sûr, on lui a tendu un piège. Dans huit jours, lorsque je reviendrai, des gardes m'emmèneront dans un pays lointain et plus jamais on ne me retrouvera.

L'instituteur a lu dans ses pensées. Posément, il explique :

— Ne soyez pas inquiète. Votre fils est le dernier à s'être présenté ici. En attendant la rentrée scolaire, les autres enfants sont retournés chez eux. Ne croyez pas tout ce que l'on dit. L'école n'est pas une prison et je ne suis pas un djinn. Les services pédagogiques français ont décidé de créer cette école nomade pour les Touaregs et non contre les Touaregs. Dans huit jours, elle sera plantée dans la vallée de Tirsal où seront regroupées les tribus. Elle se déplacera avec elles au cours de leurs migrations...

Au campement, c'est la consternation. Tout le monde m'interroge, interroge ma mère. Pourquoi m'a-t-on relâché ? Ai-je été battu ? Combien de Français étaient là ? À la veillée, chacun suppute les chances que j'ai de revenir la prochaine fois. D'ailleurs, il n'y aura pas de prochaine fois. On me cachera, on m'enverra très loin. Il ne faut pas croire ce qu'a dit cet instituteur. D'abord, qu'est-ce qui prouve qu'il est touareg ?

Ensuite, pourquoi faire suivre aux enfants un enseignement européen alors que nos mères sont capables mieux que quiconque d'enseigner la botanique, la zoologie, la médecine, la philosophie, la mythologie, la sociologie, la rhétorique, la littérature orale ? Ce ne sont tout de même pas les Français qui vont apprendre aux Touaregs à trouver un puits, à se diriger avec les étoiles. Les esprits s'échauffent. Il faut refuser l'école et, si on ne peut la refuser, il faut s'en faire exclure.

— Joue les idiots !

— Fais des fugues ! Ils en auront assez de courir d'un oued à l'autre pour venir te chercher.

L'instituteur évite les regards des hommes et des femmes venus escorter leurs enfants. Certains sont là depuis la veille avec leurs ânes et leurs chameaux. Ils ont dormi devant la tente bleue. Résignés, ils regardent leurs fils alignés devant l'instituteur. Deux goumiers en armes se tiennent en retrait. En bons gendarmes, ils sont là pour représenter la loi et faire régner l'ordre.

Ma mère refuse de me quitter. Elle me tient par l'épaule, défie l'instituteur.

— Tant que mon fils sera ton prisonnier, je camperai ici.

Sans lui répondre, l'instituteur procède à l'appel :

— Amoumane, Warta, Bello, Mano...

À la file, nous entrons sous la tente. J'ai compté, nous sommes vingt-deux, vingt-deux enfants effarouchés, pris au piège, serrés les uns contre les autres. Nous n'osons pas nous regarder.

L'instituteur nous invite à nous asseoir sur des nattes disposées sur le sol. Qu'attend-il donc de nous ?

— Voilà, dit-il en tamasheq, vous êtes ici pour apprendre à lire et à écrire. À lire et à écrire le français.

Il va vers un grand coffre, en sort des bâtons de toutes les couleurs, les pose devant nous.

— Ce sont des craies, lance-t-il... Répétez après moi... Des craies !

— Des craies ! hurlons-nous tous ensemble.

Il retourne vers le coffre, en sort des carrés noirs qu'il nous distribue.

— Et ça, ce sont des ardoises. Vous ne devez pas les perdre. Tous les soirs vous devrez me les rendre.

Il va vers une grande plaque, noire comme les ardoises, et trace à la craie des signes que nous ne connaissons pas.

Avec un bâton tendu à bout de bras, il désigne les inscriptions et déclare d'une voix solennelle :

— Voici la date d'aujourd'hui. Nous sommes le lundi 5 octobre 1959.

Lundi 5 octobre 1959. Mon premier jour d'école suivi de tous les autres jours. L'abécédaire, les mots déchiffrés sur le tableau noir, retranscrits ensuite sur nos ardoises, les dictées auxquelles nous ne comprenons rien : « Ju-lie a é-ga-ré sa pe-lo-te »... « le ké-pi râ-pé de Jé-rô-me ».

Encouragés par nos parents, nous refusons de nous soumettre. Nous faisons exprès de nous tromper, de casser nos craies, de perdre nos ardoises, de répéter à l'envers ce que l'on nous enseigne. Nous jouons les cancres pour être renvoyés.

L'instituteur nous a demandé d'aller chercher de petits bouts de bois pour apprendre à compter. Nous sommes revenus avec des branches entières de tamaris et d'acacias. La tente n'est plus une salle de classe mais une futaie. Nous fuguons à la moindre occasion, faisons l'école buissonnière, revenons, contraints et forcés par les goumiers chargés de contrôler les élèves enregistrés par l'administration. Pour nous punir, ils nous bottent les fesses, nous infligent des corvées, nous obligent à aller chercher de l'eau au puits pour toute l'école. Nous n'osons pas nous rebeller.

Inlassablement, l'instituteur nous traduit les mots français que nous devons rabâcher jusqu'à l'abêtissement. Nous n'avons plus le droit de parler notre langue. Celui qui est pris à prononcer un mot en tamasheq a droit au bonnet d'âne : une croix en bois que l'on doit porter toute la journée, accrochée autour du cou avec une lanière. Cette croix est pour nous un véritable affront. C'est comme si on nous punissait d'être nés touaregs.

Heureusement, nous avons de longues récréations au cours desquelles nous pouvons librement jouer aux osselets, aux perles et au *dara**.

À force de persévérance et de sottises accumulées, la plupart des enfants ont réussi à se faire renvoyer. Sur vingt-deux élèves, nous ne sommes plus qu'une douzaine à suivre les cours de M. Adbourahmane Tchamma. Nous savons maintenant que les Gaulois ont peuplé la France, que la Loire prend sa source au mont Gerbier-de-Jonc et que notre président s'appelle Charles de Gaulle.

Les livres que l'on nous distribue sont des livres « à l'usage des populations d'Afrique noire ». On y voit des photos d'hippopotames, de crocodiles, d'éléphants, de forêts où le soleil ne peut entrer, de lacs inimaginables. Rien sur le Sahara, rien sur les Touaregs. Nous n'existons pas pour le reste du monde.

Le soir, au campement, nous avons honte de raconter ce que nous avons appris. Par dignité, nous cachons que nous sommes en train de devenir des animaux savants.

Un jour, l'instituteur nous annonce qu'un inspecteur primaire doit venir visiter notre école.

— Il vient, dit-il, pour mesurer le taux de votre

* Sorte de jeu d'échecs qui se joue dans le sable avec des cailloux, des bouts de bois et des crottes de chameaux.

intelligence. Ne le décevez pas, ne me décevez pas ! Il sera là demain.

Nous sommes impatients de le voir débarquer. Il doit arriver avec une automobile, cet engin que nous avons vu dans un livre d'histoire : un monstre en fer qui avance tout seul.

Cachés dans les fourrés, nous guettons sa venue. Nous ne tenons plus en place. Si notre plan est bon, nous serons à jamais renvoyés de l'école.

C'est Amoumane qui a trouvé l'idée.

— Dès qu'il arrive, nous nous levons tous en criant et nous agitons nos gandouras au-dessus de nos têtes. Son auto aura peur, elle se cabrera comme un chameau et l'inspecteur se cassera le cou. Après ça, les Français ne voudront plus entendre parler de nous. Nous serons enfin libres.

Un nuage de poussière, un grondement continu pareil à un début d'orage et, soudain, à quelques mètres à peine, le museau de l'automobile avec ses grands yeux grillagés. Nous bondissons de nos cachettes en moulinant des bras, en hurlant à tue-tête. Nullement effrayée, la voiture se dirige vers nous. À l'intérieur se tient un vieux monsieur à lunettes cerclées. Il nous adresse de grands signes, immobilise son véhicule et lance joyeusement :

— Merci de votre accueil ! Vous êtes de bons petits.

Nous sommes consternés. Non seulement, notre plan a échoué mais, en plus, le vieil homme nous invite à monter les uns après les autres dans son automobile.

Cet inspecteur s'appelait M. Coularis. C'était un

brave homme qui avait épousé une femme touarègue. Un homme à qui je pouvais faire toute confiance.

M. Coularis venait souvent faire son inspection en compagnie du vieil Aykarou. Le vieil Aykarou était un proche parent de ma famille. Il avait été envoyé lui aussi à l'école des Français, longtemps auparavant. Il avait vécu de nombreuses années loin de sa tribu et des siens. Après ces années d'exil forcé, il était heureux de retrouver ses racines. J'aimais beaucoup l'écouter car de son exil il avait appris beaucoup de choses sur le monde et sur notre peuple. Il avait quitté notre oued tout petit et y était revenu avec ce magnifique visage de vieux sage à barbe blanche.

Un jour, lui et moi sommes partis dans le désert avec M. Coularis dans sa Land Rover. C'est ainsi qu'il appelait sa vieille voiture verte.

— Saviez-vous, ai-je demandé à M. Coularis alors que nous roulions, saviez-vous qu'un Allemand nommé Barth a découvert dans notre pays des girafes et des lions ?

— Je le sais, mon petit. Barth a très bien raconté le désert.

— Connaissez-vous d'autres hommes comme lui ? Des hommes qui auraient connu des mouflons par exemple ? Mon frère chassait les mouflons.

— Des mouflons, je ne sais pas mais il y a eu un autre explorateur. Il s'appelait Henri Duveyrier. Il avait dix-neuf ans lorsqu'il parvint à pénétrer au cœur du tassili des Ajjer. Séduit par les mœurs des tribus nomades, il devint, peu à peu, l'ami personnel d'Ikhenoukh-Nouhan, le chef de la confédération ajjer.

— Ami d'un amenokal ? Comment s'y est-il pris ?

— Il fut l'un des premiers à comprendre que les modes de vie des Touaregs étaient dictés par la fragilité et la grandeur du pays qui les entourait. Après trois années passées chez eux, il rentra dans son pays et écrivit un livre* qui dérangea les théoriciens de l'époque...

— Ça veut dire quoi, théoriciens ?

— Ce sont des gens qui lisent et se font une idée du monde à partir de ce qu'ils ont lu.

Je hochais la tête pour lui faire croire que j'avais bien compris. Ce n'était pas le moment de le mettre en colère.

— Continuez, lui ai-je dit. Qu'est devenu cet homme qui écrivait ces choses qui donnent des idées ?

M. Coularis m'ébouriffa les cheveux. Il paraissait content.

— Eh bien, enchaîna-t-il, comme Barth, ce Duveyrier fut attaqué par son gouvernement. On lui reprochait tout simplement de vouloir prendre la défense d'Ahitagel, le chef des Touaregs du Hoggar qui avait massacré la mission française du colonel Flatters dans le Hoggar...

— Flatters. Je connais bien le colonel Flatters...

— Tu connais le colonel Flatters ?

— Mon père m'en a parlé. Mais, dites-moi, qu'est devenu ce monsieur Duveyrier ?

---

* *Les Touaregs du Nord* (1864).

— Se sentant déshonoré, il se suicida quatre années après la sécheresse qui ravagea le territoire de l'Ahnet*.

M. Coularis avait arrêté son auto dans un îlot de tamaris. Le vent bouleversait les dunes par vagues successives et, dans le bruissement du sable, je m'appliquais à retenir chacun des mots que prononçait ce vieux monsieur français. Avec des gestes larges, il me faisait vivre la longue marche de la mission Foureau-Lamy partie effectuer la première traversée du Sahara avec plusieurs centaines d'hommes et mille cent chameaux presque tous morts d'épuisement sur les pistes du Nord saharien au lac Tchad. J'imaginais la « pacification » du désert menée par Laperrine, le Commandant du Territoire des Oasis, ses Compagnies sahariennes composées de nomades chaamba qui, contre un chameau de bât, un méhari, des armes et de l'argent, acceptaient de combattre leurs frères. Le vieil Aykarou ressuscitait pour moi la bataille de Tit conduite par le lieutenant Cottenest, les Touaregs se battant avec des lances et des takoubas** contre des armes à feu. Le corps à corps, le carnage, la capitulation des seigneurs du désert. Et plus tard, au Niger, ces deux cent sept Touaregs désarmés, fusillés par les hommes du sinistre capitaine Sadoux auquel ils offraient pourtant leur soumission.

---

* 1892. Pour indiquer une date funeste, les Touaregs se réfèrent souvent aux années de sécheresse, de pluie de sauterelles et autres catastrophes.

** Takouba : épée touarègue.

En écoutant cela, les yeux de M. Coularis se voilaient de tristesse. Il avait épousé une femme touarègue.

— Après la défaite de Tit en 1902, ajouta-t-il gravement, les derniers résistants du Hoggar s'exilèrent. Beaucoup d'entre eux allèrent rejoindre Kaocen ag Gedda, le grand chef de la rébellion touarègue.

— Kaocen ? Qui était Kaocen ?

Le vieil Aykarou releva son chèche comme pour cacher son émotion et continua l'histoire :

— Kaocen était le héros de l'Aïr. Il fut l'un des premiers à se réfugier dans le désert libyen. Combattant hors du commun, il avait proposé ses compétences à différents commandants turcs puis aux adeptes de la Senoussiya qui était une confrérie musulmane. Peu lui importaient les maîtres qu'il servait. Ce qui l'obsédait était d'unifier les Touaregs et de réunir assez de forces pour les libérer du joug français...

— Monsieur Aykarou, vous allez bien trop vite. Je ne comprends pas tout.

Le vieil Aykarou ne m'écoutait plus. Il parlait, s'exaltait. J'essayais de le suivre, de retenir chacune de ses phrases. Les Touaregs ont une bonne mémoire. Il le faut pour propager notre histoire dans le vent. Pour retenir le vent.

— En Europe, poursuivit-il, la Première Guerre mondiale faisait rage. À la tête de deux cents combattants équipés d'armes modernes, Kaocen se trouvait alors à Ghat, dans le désert libyen. Déjà, il avait averti ses fidèles que son retour dans l'Aïr était proche. Il leur avait demandé de rallier les différents chefs de tribu à la cause antifrançaise. En Afrique du Nord, les forces allemandes et turques passaient à l'offensive. La secte musulmane des sénoussistes, qui haïssait les Français, en profita pour redoubler ses opérations militaires dans le désert et assassiner dans sa maison de Tamanrasset le Père Charles de Foucauld* considéré comme un agent français à la solde de Laperrine. Ce crime retomba bien sûr sur les Touaregs alors que Foucauld, l'ermite du désert, était l'ami des Touaregs. Il a écrit les plus belles pages de leur histoire...

— Dites-moi, monsieur Aykarou, qu'ont fait les Touaregs en apprenant la mort du Père de Foucauld ?

J'imaginais très bien la honte et la colère qu'avait dû ressentir, devant une telle accusation, le peuple du désert. J'imaginais surtout Kaocen-le-rebelle rassemblant les guerriers nomades du Hoggar, de l'Aïr et de l'Adrar des Iforas. Je le voyais à la tête de ses troupes.

— Je suis certain, m'écriai-je, je suis certain qu'il est venu libérer son pays !

— Non, mon enfant, ce n'est pas ainsi que les choses se passèrent. Lorsque Kaocen, revenu clandestinement dans son pays, assiégea à Agadez le camp retranché des Français, il n'était pas suivi par tous les Touaregs et notamment par les Touaregs Kel Dinnik qui trouvaient inconcevable de se

* Le 1er décembre 1916.

mettre sous les ordres d'un homme qui n'était pas de bonne maison...

— De bonne maison ?

— Sa mère était une taklit, racontait-on, une fille d'esclave. Seuls quelques nobles l'avaient rejoint en Libye, des imajeghen qui avaient déjà pris, dans le nord, le chemin de la révolte. Il comptait surtout sur le concours des religieux et de leurs tribus. Les Touaregs du nord et du nord-est, en contact avec ces insurgés, étaient eux aussi prêts à la révolte, mais ils n'étaient pas unis. Il existait de nombreux désaccords entre les différentes tribus isolées dans leurs secteurs de nomadisation. Kaocen ne croyait pas non plus à une alliance avec les Turcs et les senoussistes. « Vous n'avez pas d'alliés parmi les musulmans, ni parmi les infidèles et vous n'en aurez jamais, répétait-il aux siens. Il ne nous reste qu'à nous entendre et à combattre par nous-mêmes et pour nous-mêmes. »

— Que se passa-t-il, alors ?

— Le camp retranché des Français reçut des renforts venus de Zinder et, malgré leur ardeur et leur bravoure, les rebelles de Kaocen durent s'incliner. En juillet 1917, les troupes françaises les chassèrent d'Agadez et, en mars 1918, du reste de l'Aïr... Au cours de sa fuite à travers le désert libyen, Kaocen devait tomber entre les mains des Turcs qui l'avaient autrefois aidé. Accusé de trahison, il fut jeté en prison et pendu. Ses compagnons furent pour la plupart massacrés par les Turcs ou asservis par les Français...

Il resta un instant silencieux puis, compléta sa phrase par ces mots :

— Tu sais, Mano, il faut que tu travailles à l'école. Plus tard, cela te servira peut-être à devenir une sorte de Kaocen. Ton peuple en a besoin.

Nous étions en 1962. Le Niger fêtait la deuxième année de son indépendance. Nous, les Touaregs, n'étions pas concernés. Si la France avait morcelé les pays sahélo-sahariens en traçant sur une table des frontières illusoires que les nomades pouvaient commodément franchir, avec l'indépendance les policiers et les militaires des nouveaux États tels que l'Algérie, le Mali et le Niger contrôlaient les caravanes, exigeant des Touaregs, qui ne savaient même pas lire, des passeports et des visas. Certains, à quelques jours d'un puits, étaient refoulés vers le désert, leurs guerbas vides ou presque.

Bien sûr, à la veille de cette indépendance, certains Touaregs assistés par quelques officiers méharistes avaient pressenti le drame. Prévoyant le pire, le sultan d'Agadez et plusieurs chefs de groupements touaregs avaient même adressé une lettre au général de Gaulle pour récuser la division du pays touareg entre plusieurs pays. Ils demandaient la création d'un État saharien. Cette lettre ne parvint jamais à son destinataire. Interceptée au cabinet du président de la République française, elle fut renvoyée à Diori Hamani, le nouveau président nigérien. Celui-ci, aussitôt, fit arrêter ses auteurs. Le sultan lui-même mourut en détention.

Mais cela, je devais l'apprendre bien plus tard.

Pour le moment, mon horizon se limitait à l'école nomade, à ces rendez-vous avec M. Coularis et le vieil Aykarou, au désert où, les jours de vacances, j'allais me réfugier avec mon méhari Abzaw.

La mort dans l'âme, je dois quitter l'école nomade pour rejoindre l'école sédentaire d'Azzel, située à quinze kilomètres d'Agadez. J'ai douze ans, mais je suis, paraît-il, bien trop vieux pour rester dans la classe de M. Adbourahmane Tchamma. C'est l'Administration qui en a voulu ainsi.

C'est la première fois que je suis réellement séparé de mes parents. De plus en plus, je fugue avec mes camarades. Nous ne pouvons pas vivre enfermés entre des murs. Nous avons besoin d'espace et de liberté. Nous sommes comme l'Arbre du Ténéré. Nos racines sont trop profondément enracinées pour pouvoir être arrachées au désert. Comme une volée d'oiseaux, nous nous éparpillons le long des quatre-vingts kilomètres de pistes qui ramènent à notre campement. Nous courons sans jamais nous arrêter. Nous voulons profiter de chaque seconde de cette liberté que nous avons volée et qui nous appartient. Sur le chemin, nous croisons des nomades qui nous indiquent dans quels oueds nos familles ont récemment dressé leurs tentes.

— Après le mont Zouanzar, remontez l'oued Akrifas, prenez la piste derrière l'Acacia mort !... Remontez à gauche des Trois Pierres et vous arriverez au campement de Moussa. Là, on vous indiquera la piste chamelière !

L'Acacia mort... les Trois Pierres. Repères inconsistants perdus entre les dunes. Un arbre aux branches mortes, trois galets à peine perceptibles. Pour nous, la voie sacrée.

Quelquefois, des chameliers nous prennent sur le dos de leurs bêtes. Jamais, ils ne demandent d'où nous venons. Ils savent.

Dans deux jours ou peut-être une semaine, les goumiers nous récupéreront et nous ramèneront à ce qu'ils appellent l'« Établissement d'instruction ». Qu'importent les semonces, les sanctions, nous avons, un instant, retrouvé notre âme touarègue.

Ma famille ne supporte pas de me savoir loin d'elle. Pratiquement tous les jours, l'un de mes frères, l'une de mes sœurs fait la route pour venir m'apporter du lait, de la farine, de la viande, des galettes de mil, le *takamart*, le fromage touareg.

Ma mère s'est installée à côté de l'école. Elle est partie du campement en pleine nuit. Elle ne pouvait attendre que le soleil se lève. C'était tout de suite que son fils avait besoin d'elle. Elle est venue avec son âne et une vache. Aux gens qui s'étonnent de la voir assise dans l'oued, près de l'école, elle répond :

— Mon Mano a besoin du lait de cette vache et d'aucune autre. Elle a brouté l'herbe libre.

Elle est là et guette la porte de l'école. Elle est certaine qu'on va me relâcher. Elle a consulté le marabout. En échange de deux chèvres, il a accepté de lancer un sort à l'« Instruction française ».

J'ai du mal à m'habituer à la cuisine que l'on

nous sert au réfectoire. C'est la première fois que je mange des pâtes et du riz arrosés d'une sauce gélatineuse. J'ai du mal à supporter l'uniforme hypocritement coupé sur le modèle de la tenue touarègue.

Par dignité, nous feignons d'ignorer leurs brimades. Après tout, ces gens n'ont pas connu la faim, la soif, le puits tari, le sable meurtrier. Le désert ne leur a jamais appris à purifier leurs âmes.

C'est pourtant dans cette école d'Azzel qu'un jour, par esprit de compétition, je décidai de faire le plus grand des efforts. De cancre, je devins bon élève. Je m'appliquais à apprendre mes leçons, mes tables de multiplication. Je travaillais farouchement. Il fallait que je prouve qu'un Touareg pouvait non seulement se surpasser mais aussi distancer les autres. Stimulé par M. Coularis, le gentil inspecteur de l'école nomade, je potassais mes cours, reprenais ceux auxquels, pour ne pas perdre mon identité touarègue, je m'étais dérobé. Les progrès que je faisais étaient, pour M. Coularis, une gratification. Bien sûr, ils récompensaient la confiance qu'il m'accordait, mais surtout ils légitimaient le choix qu'il avait fait d'épouser, envers et contre tous, une femme touarègue.

J'étais maintenant le premier de la classe. Je passai brillamment mon certificat d'études, fus récompensé en tant que meilleur élève du département et, après une huitième sans histoires, je fus accepté en classe de sixième au collège d'Agadez.

C'est la nuit. Je suis assis dans la cour de l'école d'Azzel. Un cahier sur les genoux, je regarde la lune.

« Allah a donné à cet arbre sept branches, sur chacune de ces branches, reposent sept nids, dans chaque nid, logent sept oiseaux, chaque oiseau a sept becs... »

Je revois le campement où, en cercle devant le feu de camp, mon père et les chameliers buvaient leur thé en regardant la « Dame de la nuit ».

Sept branches, sept nids, sept oiseaux, sept becs...

D'un geste machinal, je prends mon crayon et effectue la multiplication sur une page arrachée au cahier. Sept branches, sept nids, sept oiseaux, sept becs... 7 fois 7, fois 7, fois 7... 2 401.

On ne devrait jamais faire ce genre de calcul. Mon père est mort. Un homme, arrivé de Tidène à chameau, est venu m'annoncer la nouvelle en ce début d'après-midi.

— Une crise de paludisme. On n'a rien pu faire...

Mort dans le désert, sans soins et sans médicaments, grelottant de froid sous un soleil de plomb. Le marabout est entré sous la tente, a fait sa toilette, lui a lié les pouces avant de le recouvrir d'une toile blanche. Ils ont creusé sa tombe, ont recouvert son corps de sable, de grosses pierres et d'épineux. Ma mère, mes frères, mes sœurs étaient là... sans moi. Lorsque la dépouille mortelle a été ensevelie, ils ont quitté le cimetière sans se retourner. Au campement les chiens ont aboyé.

Paix à sa mémoire. Plus jamais, on ne prononcera son nom.

J'ai quinze ans. Je me suis enfui de l'école en courant. Derrière les dortoirs, je pleure sous le drap que j'ai arraché de mon lit avant de venir là. Je veux cacher ma peine.

Un Touareg ne montre pas ses larmes.

La plus terrible des souffrances, celle que l'on vit dans sa solitude pour l'honneur et par dignité... Je garderai de mon père le souvenir de cet extraordinaire maître de mon école du désert. Il était fait à l'image du désert qu'il m'enseignait : il savait être doux et austère à la fois. Je refusais l'idée que plus jamais je ne pourrais le revoir ni entendre sa voix. Je revoyais sans cesse le cimetière de Tidène où il est enterré. J'essayais d'imaginer l'emplacement de sa tombe en pierre, mais je n'osais demander à ma mère où elle se trouvait. Par pudeur et par respect pour sa mémoire.

8

J'ai deux grands mois à passer dans mon oued de Tidène avant la rentrée, au collège d'Agadez. Au campement, c'est la fête. Tout le monde célèbre mon retour. Ma mère m'a offert l'épée de « celui qui ne reviendra plus ». À cette occasion, elle a décidé qu'il était temps pour moi de porter le taguelmoust. En me le tendant, elle a dit simplement :

— Il filtrera les pensées qui te viennent à la bouche.

Abzaw est devenu un magnifique méhari. Son pelage blanc me vaut tous les hommages et le regard des femmes qui arrêtent de battre le mil lorsque je passe devant les tentes. Parmi elles, Mariama, la plus jeune sœur de mon ami Mawli avec qui j'allais garder les chèvres. Mariama est devenue une très belle jeune fille. Son front est haut, ses lèvres, divinement charnues. Ses yeux ont toujours l'air de s'étonner et, de son voile, s'échappent des flammes de cheveux noirs. Depuis mon retour au campement, je la croise souvent sur le chemin du puits, mais elle n'est jamais seule. Alors, à la dérobée, je me contente de la courtiser des yeux.

La nuit dernière, à la « cour d'amour » donnée sous la tente de la vieille Tatrit, une virtuose de l'*imzad*, toute la soirée, j'ai senti son regard posé sur moi et, lorsque la vieille Tatrit a improvisé un poème, j'ai eu l'impression qu'elle l'inventait pour Mariama et moi :

Elle est pareille à une lune dans le ciel.
Je prie Dieu le maître, lui qui l'a façonnée de sa propre [main,
De m'inscrire parmi les choses qui lui appartiennent...

Lorsqu'au petit matin tous se sont séparés, Mawli m'a longuement demandé ce que j'allais faire après le collège d'Agadez. Je lui ai répondu que je ne savais pas encore. Peut-être devenir instituteur dans une école nomade.

— C'est bien, a-t-il simplement répondu, cela plairait à Mariama.

Avec ces quelques mots, il me donnait la réponse que j'attendais. Mariama lui avait parlé de moi.

Le ciel est constellé d'étoiles. Une nuit faite pour les amoureux. En silence, je m'approche de la tente de Mariama. Ce matin, furtivement elle m'a glissé dans la main une « croix d'Agadez* » qu'elle a fait

* Ces croix sont fabriquées à partir de thalers de Marie-Thérèse, ancienne monnaie autrichienne. Cette pièce, qui est encore frappée, est vendue sur les marchés d'Afrique.

spécialement marteler et ciseler par le forgeron. C'est une invitation à venir la rejoindre lorsque le campement sera endormi.

À pas feutrés, je me glisse sous sa tente. Je ne dois surtout pas réveiller ses parents qui se sont assoupis. Doucement, je soulève le voile qui couvre son visage. J'ai pris soin de respecter le protocole en m'approchant d'elle du côté de la tête du lit. Elle est là, magnifique, les yeux clos. Elle fait semblant de dormir mais un sourire éclaire son visage. Toujours selon le protocole, doucement je lui gratte la main. Elle ouvre les yeux et, sans un mot, tire sa natte sous l'auvent de la tente. Ce geste signifie qu'elle consent à se laisser courtiser.

À voix basse, commence alors pour moi le jeu des devinettes. Je murmure :

— En aval, il n'y avait rien... En amont, il n'y a rien... Qui suis-je, Mariama ?

— La minute présente, répond-elle en caressant la croix d'Agadez que je porte autour du cou... C'est-à-dire toi et moi.

Elle baisse les paupières et, tendrement, elle poursuit ce doux libertinage en chuchotant un conte dont je dois deviner la fin :

— Un jour, il y a longtemps, commence-t-elle, vivait une sorcière, une talchint qui avait l'apparence d'une biche des sables. Secrètement, elle rêvait de devenir une jeune fille comme les autres et de trouver un prince qui lui permettrait de retrouver une chose qu'elle n'avait pas connue...

Elle me sourit et ses dents sont parfaites. J'aimerais la prendre dans mes bras et lui dire...

Je me contente de répondre :

— Le prince, dès qu'il l'aperçut, devina quelle était cette chose qu'elle n'avait pas connue. Doucement, il s'approcha d'elle et posa sa joue sur la sienne...

Mariama fut mon premier amour. Toutes les nuits, nous nous retrouvions dans le désert. Elle quittait le campement sans se faire remarquer et, moi, je l'attendais avec mon méhari derrière l'enclos bordé de tamaris. Ensuite, tous les deux, nous partions dans les dunes.

Agadez, ses voitures, ses mobylettes, la peur de me faire renverser, les sifflets stridents des agents de police, les maisons en banco avec le linge séchant dans les cours, les boutiques de tissus, de vaisselle, de céréales et d'aromates, les échoppes des potiers, des artisans du cuir et, le soir, la voix monotone du muezzin de la vieille mosquée, lançant ses appels à la prière.

J'habite chez une vieille famille haoussa. De braves gens à qui, tous les mois, je donne la maigre bourse que me verse l'État. En échange, ils me louent une chambre et une lampe tempête qui me permet de faire mes devoirs. Le soir, ils me nourrissent aussi : un plat de mil, de pâtes ou de riz que la dame dépose sur ma table. Je ne la vois jamais, ni elle ni son mari. Aucun lien entre nous si ce n'est un modeste bonjour lorsque nous nous croisons... et ce repas unique. Au coucher du soleil, derrière la cloison, il m'arrive de les entendre faire leur prière. Cela me fait une présence.

C'est le début de l'exil...

La nuit, je traverse la ville pour me rendre chez une famille originaire de l'Aïr qui reçoit des enfants touaregs dispersés comme moi dans des familles d'accueil. Nous buvons le thé en parlant de la saison des pluies, de la prochaine Cure salée. Les yeux fermés, nous évoquons le désert, les troupeaux, le vent dans les tamaris, les veillées sous le ciel étoilé.

Je suis de plus en plus écœuré par l'hostilité, la cruauté, les bassesses de ce monde que je ne comprends pas, qui ne me comprend pas. À quoi servent les études si elles doivent aboutir à cette misère-là ?

Je commence à comprendre mes parents, leurs inquiétudes et leur refus de cette vie et de cette scolarisation. Je commence à me révolter et à rejeter cette école, cette nouvelle existence. La prétendue volonté d'éduquer, de scolariser les nomades n'est qu'un bluff. Ce semblant d'éducation des nomades est une façon de faire croire au monde que la nouvelle République du Niger s'occupe des Touaregs. J'ai en fait l'impression qu'on veut nous maintenir dans l'ignorance en nous coupant de nos racines, en faisant de nous un peuple perdu entre deux mondes. Le Niger craignait-il les Touaregs au point de vouloir tuer leur culture, en les lançant sur une voie où ils n'ont aucune chance d'aboutir, face au rejet dont ils sont les victimes ?

M. Coularis tente de me consoler :

— Tu dois serrer les dents, poursuivre coûte que coûte !

— Non, je n'irai pas plus loin. Je quitte le collège !

Ni lui ni le père Grenier, un prêtre français qui s'occupe de la petite église d'Agadez, ne peuvent fléchir ma volonté. Très calmement, je leur réponds :

— Les Touaregs, disait mon père, ne doivent pas être dupes des mirages. « Sur une terre où tout est à gagner, l'illusion n'a pas sa place. » Et, voyez-vous, je n'ai plus d'illusion.

Les mains accrochées au grillage de l'aéroport d'Agadez, je regarde les avions décoller et atterrir. Ce sont de vieux DC3. De leurs ventres, sortent des gens pressés. Des camions roulent sur la piste. Des hommes en tenues orange et bleu courent dans tous les sens avec des écouteurs sur les oreilles. Je sais à cet instant que mes yeux commettent une erreur, qu'ils ne devraient pas noter ces mécanismes d'une civilisation qui ne m'appartient pas.

Je veux aller jusqu'au bout de mon désabusement. Dans la rue, je m'arrête devant les magasins, m'attarde aux étalages. Qui peut bien acheter et porter ces centaines de ceintures, de burnous, de portefeuilles, ces milliers de chaussures et, là, ces transistors qui crachent de la musique, ces montres polychromes qui dépècent le temps ?

Boudon est un Français marié à une Touarègue. Il tient un cinématographe qui donne des films en plein air. Il m'a plusieurs fois invité à assister à une représentation. J'ai toujours refusé. Le cinématographe et la photographie volent l'âme des gens.

Mme Boudon m'a rassuré :

— Autrefois, a-t-elle dit, je jouais de l'*imzad* et les images que chacun voyait à travers mes poèmes étaient beaucoup plus belles que celles que tu découvriras ici. Pour les voir, il suffisait de fermer les yeux.

Mon premier film, au cinéma Boudon, s'appelait *François Ier*... On y voit une chèvre léchant les pieds d'un acteur appelé Fernandel. C'est le seul souvenir que j'ai gardé de ce spectacle. Je le trouvais absurde. La semaine d'après, avec sa grotte en carton-pâte et son histoire d'amour vulgaire, *Ali Baba et les quarante voleurs* ne m'intéressa pas davantage.

Un seul film est parvenu à m'émouvoir, il s'appelait *Œil pour œil, dent pour dent.*

Œil pour œil, dent pour dent est l'aventure d'un médecin qui, délibérément, laisse mourir la femme d'un nomade. Un jour, ce nomade propose au médecin qui ne l'a jamais vu une randonnée dans le désert. Ils marchent, marchent, se perdent dans les dunes. Pas le moindre point d'eau et les guerbas que les deux hommes ont emportées sont vides. Épuisé, la gorge desséchée et brûlante, le médecin supplie son compagnon de lui donner à boire. Il ne comprend pas, lui qui souffre à ce point de la soif, que l'autre, ce nomade, puisse se passer d'eau. Il a sûrement, pense-t-il, caché une outre dans sa sacoche. Il s'empare de la sacoche, l'ouvre... et découvre la photo de la femme qu'il a laissée mourir.

Voilà, en gros, le sujet de ce film. Je le raconte mal, mais, cette nuit-là, sur le banc du cinéma Boudon, il m'a rappelé la phrase de Saint-Exupéry : « L'essentiel est que demeure quelque part ce dont on a vécu, et les coutumes, et la fête de famille, et la maison des souvenirs. L'essentiel est de vivre pour le retour. »

Je ne vivais que pour ce retour-là.

J'ai promis à M. Coularis de terminer mon année scolaire. Je suis en classe de cinquième. J'ai dix-sept ans.

Rassemblés entre amis, nous sommes assis devant la porte d'une vieille dame touarègue qui nous offre le thé. Elle nous parle du temps où elle était gracieuse. Elle trottine jusqu'à sa chambre, revient avec un livre recouvert de cuir rouge, me le tend en tremblant :

— Je ne sais pas lire, souffle-t-elle, gentiment, mais, un jour, un Français m'a dit que c'était ma vie qui était racontée là-dedans.

J'ouvre le livre et découvre le titre : *L'Atlantide.*

Elle rougit et murmure :

— Le Français qui me l'a donné m'appelait Antinéa.

Elle parle du désert. Nous parlons du désert : notre seul et unique repère dans cette ville que nous n'aimons ni les uns ni les autres. Nous rêvons de sable et d'horizons, de silence et d'étoiles.

Un policier se plante devant nous.

— Alors, ricane-t-il, les bouzous ne dorment pas encore ?

Nous ne l'avons pas vu venir. Matraque à la main, il éructe. Nous ne voulons pas répondre. Pas devant une femme qui nous a offert son hospitalité.

— Les Touaregs, on va vous mettre au pas, aboie-t-il en frappant la paume de sa main avec sa matraque. Vous n'êtes que des sauvages !

Nous buvons notre thé. Nos mains tremblent.

Sans un mot, je me lève, m'avance vers le flic et lui dis à voix basse :

— Tu n'as pas le droit de parler ainsi devant une vieille dame. Si tu veux te battre, je te donne rendez-vous sur la place du cinéma Boudon.

Nous sommes sur la place. Nous avons oublié les insultes de ce policier. Comme chaque soir, nous prenons un dernier thé à la buvette qui se trouve devant le cinéma Boudon. Comme chaque soir, nous retardons l'heure de nous séparer.

Une main se plaque sur mon épaule. Je me retourne. C'est ce rustaud de flic. Il n'est pas venu seul. Quatre autres l'accompagnent. Mon poing part comme un ressort, heurte de plein fouet la mâchoire de l'ordure. Les autres se ruent sur moi. Mes amis entrent dans la bagarre. Nous ne sentons pas les coups. Un flot de sang s'échappe de ma bouche. Les salauds frappent comme des sourds. Ils savent où faire mal. Je parviens à agripper mon flic par sa vareuse, lui donne un coup de tête. Il se dégage, dégaine son pistolet et me tire dessus. Je m'écroule, le pied gauche transpercé par une balle.

Je suis à l'hôpital. M. Coularis est là, à mon

chevet. Il m'explique que le policier a porté plainte contre moi.

— Tu sais, m'annonce-t-il, dans ton cas, il ne fallait pas faire d'histoires.

Dans mon cas... C'est vrai, je suis un Touareg.

Un bouzou comme ils disent.

La haine du bouzou se fait de plus en plus pesante. Je la vis à Agadez à travers les témoignages que je glane, à travers les journaux que M. Coularis me donne après les avoir lus : tristes pages d'histoire du peuple touareg.

J'apprends au Mali que dans l'Adrar des Iforas, à la frontière de l'Algérie, les Touaregs sont pourchassés. Les soldats brûlent leurs campements, interdisent les échanges caravaniers, minent ou empoisonnent les puits, exterminent le bétail à la mitraillette. Pour récompenser l'ardeur des tirailleurs, des femmes touarègues leur sont offertes en butin. Les Touaregs tentent de se révolter mais que peuvent-ils faire contre les blindés ?

Fiévreusement, je classe ces documents, ces articles de presse. J'apprends, j'apprends encore qu'après sa victoire diplomatique dans la réconciliation entre l'Algérie et le Maroc Modibo Keita a obtenu de ces deux pays leur appui dans la constitution d'un front commun antitouareg. La répression est impitoyable. Les populations civiles sont massacrées, des exécutions sommaires ont lieu en public et les rares Touaregs qui essaient de fuir vers l'Algérie sont livrés au gouvernement malien par le président Ben Bella. Les autres, privés de leur bétail, sans aucune formation leur permettant d'exercer un travail, sont obligés de se parquer dans des camps de fortune et deviennent des clochards à la merci de tous.

Je lis, je n'arrête pas de lire.

Je découvre qu'au Niger le gouvernement du président Diori Hamani est essentiellement dirigé par les Djermas. Je découvre la lettre que le sultan d'Agadez et les chefs des groupements touaregs ont adressée au général de Gaulle, lettre qui contestait la division du pays touareg entre plusieurs pays... Je sais maintenant qu'au cours de certains meetings organisés par les gens au pouvoir, les soldats maliens arrachent leur turban à nos chefs, leur retirent leur takouba : la pire des offenses. S'ils interceptent les caravanes pour des contrôles d'identité, ils leur disent : « Vos papiers, s'il vous plaît ! »

En plein désert du Ténéré !

À Tidène, c'est une autre inquiétude. Après la sécheresse, les pluies précoces de ce mois d'avril 1968 ont fait pousser trop rapidement la végétation, qui est montée en graine sans avoir eu le temps d'atteindre sa taille normale. Les pâturages médiocres ne suffisent plus à nourrir le bétail. Déplacer le campement ? Trouver un autre oued ? Cela ne servirait à rien. La situation est la même partout. Il ne reste plus qu'à se débarrasser d'une grande partie des chèvres et des veaux en les vendant au plus bas prix aux chevillards d'Agadez qui ratissent la région.

« Cette année, m'annonce mon ami Mawli, nous

ne pourrons pas envoyer nos chameaux à Bilma. Nous n'avons pas assez d'herbe pour stocker du fourrage.

Au même instant, nous pensons à Awragh, le chameau de bât que nous avons vu mourir sur la route de Fachi, au cours d'une caravane. Usé par l'âge et la fatigue, Awragh s'est accroupi dans le sable. Patiemment, les hommes ont essayé de le remettre sur ses pattes, mais Awragh n'a rien voulu savoir. Il était arrivé au bout de sa longue route. Gravement, nous avons respecté sa volonté, celle de mourir seul au milieu du désert. Sans un cri, la tête droite, des larmes dans les yeux, Awragh a longtemps regardé la caravane s'éloigner puis, rassemblant ses dernières forces, il a creusé avec ses pattes une tombe dans laquelle il s'est éteint paisiblement. C'est ainsi que finissent les chameaux du désert. Par leur mort, ils témoignent qu'ils étaient dignes de vivre.

Je n'ose pas demander à Mawli des nouvelles de sa sœur Mariama. Tout à l'heure, je l'ai croisée en revenant du puits. Elle a baissé les yeux et ramené ses cheveux sous son voile. Par ce signe, elle m'a fait comprendre que, plus jamais, elle ne me suivra dans les dunes à dos de méhari. Que plus jamais, nous ne regarderons ensemble les étoiles.

— Que comptes-tu faire maintenant ? me demande innocemment Mawli.

— Je ne sais pas encore.

— Tu as renoncé au projet de devenir instituteur dans une école nomade ?

— Oui, j'ai renoncé, Mawli. Je ne veux pas que,

par ma faute, des enfants se perdent dans une société qui fera d'eux des orphelins.

— Tu restes ici, alors ?

— Non, Mawli. J'ai vu trop et trop peu de choses. Je veux aller plus loin.

— Aller où ?

— Agadez a fait de moi un autre homme, Mawli. Je sais maintenant que le peuple touareg est menacé et traqué par une administration qui ira jusqu'au bout pour briser sa fierté... Je ne veux plus cacher ma honte et ma rage derrière mon taguelmoust. Je veux me rendre à Niamey. Là, je comprendrai... Peut-être.

Le plus difficile est d'annoncer à ma mère mon intention de reprendre la route. Après toutes ces années de séparation, elle est tellement heureuse de m'avoir auprès d'elle.

— Dis-moi, Mano, dis-moi que tu ne repartiras plus.

Je sais que je vais lui faire mal mais je n'ai pas le droit de la tromper.

— Je reviendrai. Promis, je reviendrai.

Son visage se ferme, ses doigts douloureux dessinent dans le sable et elle me dit : « Si tu repars, tu es perdu, mon fils.

— Il le faut, anna. Tu sais bien qu'il le faut, lui répondis-je.

Elle hoche la tête. Rien d'autre qu'un hochement de tête.

À cet instant, je voudrais ne jamais avoir connu autre chose que cet oued où j'ai été heureux, ne jamais avoir connu l'école, Azzel et Agadez, ne jamais avoir vu ces films au cinéma Boudon. Images diaboliques qui m'ont donné l'envie de voir ce qui se cachait au-delà des apparences, au-delà de cette salle en plein air.

Mes frères et mes sœurs eux aussi sont inquiets. À tour de rôle, ils me sermonnent.

— Anna a besoin de nous tous, me dit Rhalla, ma sœur aînée.

— Pourquoi ne poursuis-tu pas tes études à Agadez, enchaîne mon frère Feltou.

— Agadez n'est pas loin, insistent mes frères Eddoua et Rhamer. Tu reviendras souvent.

Raïcha et Tahédag ne disent rien. Elles pleurent.

Je n'ai plus le cœur à justifier mon choix.

— C'est bon, je leur réponds. Je resterai à Agadez.

Je mens. Que puis-je faire d'autre ?

Assis dans la cabine de l'énorme Berliet, je regarde la piste. Les essieux malmenés gémissent à chaque bosse. Les roues rageuses arrachent les kilomètres, le fracas des tôles me vrille les oreilles. C'est la première fois que je monte dans un camion. Il appartient à un transporteur arabe, et le chauffeur est un de mes cousins.

Dans l'Aïr, nous sommes tous cousins.

— Nous avons encore sept cents kilomètres de bonne piste, hurle-t-il pour se faire entendre. Ensuite, se sera la terrible tôle ondulée.

L'odeur du gazole envahit la cabine et me soulève le cœur.

Avant de quitter Agadez, je me suis procuré un

blue-jean, une chemisette à carreaux et un blouson en toile dans lequel je garde précieusement ma carte d'identité et les quelques sous que j'ai économisés sur ma bourse scolaire. Épinglées dans la poche arrière de mon pantalon, se trouvent les adresses de familles touaregs qui vivent à Niamey. C'est sûr, elles m'aideront à trouver du travail.

Depuis plus de dix heures, nous filons dans un paysage de sable et de caillasse. Parfois, un panneau fiché entre deux pierres indique le nombre de kilomètres que nous avons parcourus depuis notre départ, ou ceux qui nous séparent encore d'Abalak, de Tahoua : des noms que je ne connais pas.

Voilà deux jours que nous roulons. Pour nous tenir éveillés, nous buvons des verres et des verres de thé. *Le premier amer comme la vie, le deuxième fort comme l'amour, le troisième suave comme la mort,* dit le proverbe. La nuit, emmitouflés dans nos couvertures, nous dormons en souriant au pied du gros camion. Nous rêvons au désert.

Suave comme la mort.

Le troisième jour, soudain, c'est le miracle. Des arbres bordent la route, s'enfoncent dans des terres couvertes de pâturages. Des mares, des étangs, des champs de mil et de sorgho. Nous traversons des villages bâtis de cailloux, d'argile et de paille. Des enfants courent à côté du Berliet, nous proposent des citrons, des dattes fraîches. Des hommes et des femmes, juchés sur des charrettes tirées par des zébus, nous saluent de la main. D'autres s'activent autour de vastes greniers à grains. Ce grain que les caravaniers venus directement de Bilma chargeront sur leurs chameaux à la bonne saison. J'ai l'impression d'avoir mis le pied sur une autre planète et pourtant ce pays est le mien. Je ne le connais pas.

Les faubourgs de Niamey, avec leurs maisons qui ressemblent à celles d'Agadez. Les mêmes gens, les mêmes ruelles bordées d'échoppes. Bien que vêtu à l'européenne, je suis pétri d'angoisse. Je me sens vulnérable.

Nous avançons au pas et les rues s'élargissent comme les mâchoires d'un piège. Je suis englouti entre les pans de murs de ces immeubles à deux ou trois étages. Comment des femmes, des hommes, des enfants réussissent-ils à vivre dans ces blocs monstrueux ? Comment font-ils pour surprendre les étoiles ?

Devant nos roues, les gens se croisent, se dérobent, s'évitent, pareils à des fourmis venues de nulle part, allant vers nulle part.

Et c'est l'apothéose. C'est le fleuve Niger, gigantesque et grandiose. Je descends du camion, me précipite sur sa rive. Je veux le voir de près, mesurer toute son étendue, attendre qu'il arrête de charrier ses eaux à la dérive. Quand donc épuisera-t-il son flot ? Il ne peut tout de même pas couler ainsi en permanence. Quelle pluie l'alimente ? Quand va-t-elle s'arrêter ? Quand va-t-il s'assécher ?

Je tombe à genoux. À Tidène, dans mon oued, des animaux meurent de la sécheresse.

C'est à travers des larmes que m'apparut Niamey avec son fleuve, ses artères, sa foule, ses voitures, ses maisons à étages... et la hantise d'être, une fois de plus, considéré comme un paria.

Ce jour-là,
Mano avait organisé
une grande fête touarègue
à l'oued Zagado.

Mano et Odile s'étaient rencontrés pendant un voyage dans l'Aïr.

Mano avec Odile, sa femme, leurs fils et des amis devant l'emplacement de l'arbre du Ténéré. C'est là que Mano avait rencontré Thierry Sabine, qui préparait les étapes du Paris-Dakar.

Mano et ses deux fils, Mawli et Madani,
sur les dunes de Temet en 1988.

Mano avec deux Touaregs à In-Gall, pendant la Cure salée (août-septembre). Le transfert des bêtes et des campements vers des pâturages salés est l'occasion d'une grande fête où se rassemblent tous les nomades.

Homme du désert mais aussi homme de son temps, Mano Dayak utilisait les innovations des pays occidentaux, comme la radio de sa voiture. © J. Picard /VSD.

Les rebelles touaregs dans les montagnes du Niger.
© J. Picard/VSD

Des Touaregs rescapés des massacres de Tchin-Tabaraden, en 1990. Mano, bouleversé par leur misère, était allé les aider et les soutenir. © M. Simon.

À Timia, Mano avait monté
une représentation
du Petit Prince de Saint-Exupéry
pour les enfants du désert.

Mano en train d'exécuter l'illougan, la danse touarègue traditionnelle qui se pratique à chameau, en cercle autour des femmes qui jouent du tende et fêtent le plus beau danseur.

Sauf mention spéciale, toutes les photos sont de Jean-Marc Durou.

« Je ne pourrais jamais vivre
longtemps loin du désert »,
disait Mano.
Il repose désormais au cœur
de ce désert qu'il a tant aimé.

Les gens, les choses me terrorisent. J'ai peur d'être attaqué la nuit, je fuis les ruelles étroites, évite les attroupements, étudie ma façon de parler, de bouger, de vivre. Je suis paralysé à la vue d'un uniforme de gendarme, à celle d'un agent de police. Je ne côtoie que ceux qui comme moi évitent toute forme de scandale. Le dimanche, nous nous rendons au marché situé au bord du fleuve, ou bien à Ayorou, un tout petit village situé à deux cents kilomètres de Niamey. Pour y aller, nous sommes entassés dans un taxi de brousse, bringuebalés, assommés, un peu fous.

À Ayorou, nous retrouvons les Touaregs venus du Mali et de la région de l'Azawagh. Ils nous prêtent leurs chameaux, et c'est miraculeux de retrouver le souffle du désert, de parler tamasheq, de psalmodier en chœur cette fragile comptine :

J'ai comme chamelles les monts Têboût et Tengerenga.
J'ai pour méhari le mont Adray :
Il a une bosse aussi haute que le mont Adaouda.
Ma selle a pour tapis les vallées d'Ad et de Taressa.
La gaine en franges qui s'y suspend, ce sont les palmiers de Tamira.
Ma ceinture, ce sont les collines de Kamîta.

Par chance ou par miracle, j'ai trouvé un emploi dans une petite société de transit aérien. C'est Moussa, un ami touareg qui m'a trouvé ce job.

« Job. » Encore un mot que je ne connais pas.

Mon job... mon job consiste à trier des papiers administratifs, à vérifier des documents de douane, à contrôler le bon état des marchandises. Le Français qui dirige l'affaire apprécie mon travail. Il est vrai que je suis le premier à pied d'œuvre. C'est facile, j'ai trouvé à louer une pièce à côté du bureau.

Je me suis inscrit dans une école en auditeur libre. Je veux aller plus loin, toujours plus loin. Moi qui connais la soif, j'ai soif de tout connaître.

La nuit, je suis des cours de mathématiques avec un Français de Paris, des cours d'anglais avec un Américain de New York. L'un fait partie de la Coopération culturelle et technique, l'autre appartient aux volontaires du « Peace Corps ». Grâce à eux, je rencontre, au « Sahel », la piscine olympique de Niamey, toute une fraction de la colonie européenne et américaine : des fonctionnaires femmes et hommes qui vivent à Niamey. Comme nous sommes plutôt désargentés, nous faisons la cuisine tantôt chez l'un, tantôt chez l'autre. Je leur fais découvrir les galettes de mil gorgées de dattes, de fromage de chèvre et de piments. Ils me font découvrir la blanquette de veau, les ragoûts et les tartes au citron. J'ai du mal à m'habituer au maniement de la fourchette, parviens, par des tours de passe-passe, à échapper à la viande rouge qui me soulève le cœur, refuse le poisson qui me fait penser aux margouillats* et aux vipères du désert. Très vite, les maîtresses de maison chez qui je vais dîner comprennent mon dégoût. Plus jamais, à leurs tables, je ne verrai de steaks saignants, de rôtis, de

* Lézards des savanes.

tartares, de carpes, de tanches ou de silures, appelés poissons-chats.

Pour la première fois, je me sens en sécurité dans l'anonymat de cette grande ville. Dans la rue, on ne me montre plus du doigt ; chez mes amis, on me respecte.

« Il était une fois un chef touareg qui s'appelait Aligurran... »

Je leur raconte les légendes qui ont bercé mon enfance, leur parle de mon oued, des caravanes qui partent pour Bilma, des épreuves et de la morale du désert, des veillées à Tidène, des femmes qui jouent du *tende* pour séduire les hommes qui font danser leurs chameaux autour d'elles. J'exalte la beauté des nuits sous les étoiles, le silence des dunes, la fragilité et l'infini du temps. Sur la nappe en papier, je leur dessine les lettres de l'alphabet tifinagh, leur apprends le nom des animaux qui rôdent autour des campements : « achankad », la gazelle, « aggour », le chacal, « aridal », la hyène, « amayas », le guépard...

Ma nostalgie alimente leur nostalgie. Les yeux clos, ils décrivent leurs bouquinistes sur les quais de la Seine, leurs bistrots à Paris, leurs places Furstenberg et Concorde, New York et ses petits ponts en pierre qui enjambent les lacs de Central Park, la cathédrale Saint Patrick, le Bronx, Harlem et Manhattan...

Ma vie s'échelonne entre ces soirées chaleureuses, mon travail à la société de transit aérien, mes leçons de français, de mathématiques, d'anglais, mes cours du soir.

Je suis de toutes les fêtes, de toutes les réceptions. Chacun veut avoir à sa table ce conteur touareg qui sait ensoleiller le sable et rayer les angoisses.

Ils ne savent pas que, quoi que je dise, quoi que je fasse, mon cœur est resté dans le désert.

9

Cette vie cependant me semblait un peu floue. Je n'arrivais pas vraiment à pénétrer dans la tête des gens pour savoir ce qu'ils pensaient de moi. J'étais écartelé entre le Mano que leur curiosité avait forgé de toutes pièces et le Mano que ma fierté m'empêchait de montrer : l'homme fier et farouche qui demeurera toujours caché derrière son taguelmoust.

Un matin, deux gendarmes se sont présentés au bureau.

— Pourquoi, m'ont-ils dit, n'avez-vous pas répondu à notre convocation ?

Je ne les entendais pas. Je me sentais perdu. Je revivais le jour où deux autres gendarmes étaient venus m'arracher à mon oued pour me conduire à l'école nomade.

— Je n'ai rien fait de mal !

Le même cri que je poussais alors dans les bras de ma mère : « Je n'ai rien fait de mal ! »

L'un des gendarmes a sorti de sa sacoche une feuille de couleur rose, et me l'a tendue :

— Il y a deux mois que l'on vous cherche, me dit-il sèchement. Vous êtes appelé à faire votre service militaire.

Comment pouvait-on exiger que j'entre dans l'armée ?

Je regardai les gendarmes et compris que je n'avais pas le choix. Je devais me soumettre.

Je suis vêtu de l'uniforme gris. Ils m'ont coupé les cheveux et je porte un fusil que je dois démonter et remonter dans un temps réglementaire : culasse, percuteur, cran d'arrêt. Je dois marcher au pas, saluer mes supérieurs, faire des rondes de nuit...

Je suis affecté au centre d'instruction de Tondibiah, à quinze kilomètres à l'ouest de Niamey. Il est situé sur le fleuve Niger. Le soir, après les exercices, je m'assois sur ses berges et rêve devant son cours. Voilà deux ans déjà que je n'ai pas vu les miens. Que fait ma mère en ce moment ? A-t-elle changé de campement ? Comment sont les herbages ? Le fleuve me rassure. Lui aussi est nomade, lui aussi traversera des régions qu'il ignore à la seconde même où il coule à mes pieds.

J'ai décidé de me plier aux exigences de l'armée. Cette fois-ci, je veux jouer le jeu. Je m'inscris aux stages des sous-officiers et, ironie du sort, accède au grade d'instructeur de l'armée nigérienne. Je suis premier à tous les examens, deviens tireur d'élite, obtiens le grade de sergent.

Toutes mes permissions se passent à Niamey où je retrouve mes amis et surtout Nancy, une petite Américaine qui m'aide à perfectionner mon anglais. Entre nous, c'est à l'instant même le coup de foudre. Je découvre les battements de cœur à l'idée de la voir, à l'idée de la perdre. Nous sommes amoureux ou plutôt amoureux de l'amour. En l'écoutant, je visite Chinatown, la Little Italy, descends la 5e Avenue pour me perdre à Broadway. Elle se laisse guider au fond du Ténéré, visite mes oasis, devient gazelle sous mes doigts. Un week-end sur deux, je me précipite chez elle dans un taxi de brousse, la quitte le dimanche pour retourner à la caserne. Nous n'avons pas le temps de vivre les conflits qu'imposent nos cultures respectives. Dans la fièvre de nos nuits, j'oublie le Sahara, elle oublie ses gratte-ciel. Seuls comptent nos jeux d'enfants.

Je suis enfin libéré du service militaire. Pas tout à fait. Seyni Kountché, alors chef d'État-major, veut m'engager d'office dans l'armée. J'apprends qu'il m'a sélectionné parmi les hommes qui, plus tard, lui permettront de faire son coup d'État et d'être nommé président de la République nigérienne. Je dois me battre encore. Je veux quitter l'armée, je déteste les ordres. Le commandant du centre d'instruction, un officier français, se fait mon avocat !

« Mano Dayak n'est pas une bonne recrue. N'oubliez pas qu'il est touareg. Il ne peut être soldat car il est resté nomade dans sa tête ! »

Le meilleur plaidoyer. Grâce à ma « tare », je retrouve mes droits de citoyen. Je suis un homme libre.

Je fête mes vingt ans.

Nancy a compris que j'étais un nomade. Sans un

mot, elle m'a laissé partir. Elle sait que j'ai besoin du désert comme d'une seconde peau. Sur le pas de la porte, elle m'a simplement dit :

— Je sais que nous nous reverrons.

Chaque pas qui me ramène vers l'oued où ma mère a conduit son troupeau est un enchantement. Le moindre brin d'herbe, la moindre aspérité me remplissent de bonheur. Je retrouve enfin l'usage de mes poumons.

Ma mère se tient devant sa tente. Elle porte ses habits de fête. Elle me regarde et sourit. Je sais qu'elle aimerait courir vers moi, me serrer dans ses bras, mais la pudeur muselle ses sentiments. À pas lents, elle s'avance vers moi. Son regard est rempli de questions, toutes ces questions qu'elle s'est posées au cours de mon absence : « Mano, dis-moi que tu n'as pas changé » ; « Mano, dis-moi que maintenant, tu ne repartiras plus. »

Je descends de chameau, la serre dans mes bras. Ses épaules sont frêles comme le sont celles des personnes âgées. Les quatre ans qui nous ont séparés ont multiplié le temps. Je fais un bref calcul. Elle a soixante-trois ans. Elle est affaiblie. Le campement a beaucoup souffert de la sécheresse qui frappe les régions touarègues. Les pâturages sont rares et beaucoup de bêtes sont mortes.

À Agadez où mon frère Eddoua est venu me chercher, j'ai retrouvé mon saroual, ma tunique, mon taguelmoust et l'épée de mon père. Ainsi vêtu, je renais à la vie.

— Mère, vous êtes jeune !

Elle détourne la tête. Elle ne veut pas que je la voie pleurer.

Mes frères Feltou et Rhamer s'avancent à leur tour et longtemps me pressent sur leurs poitrines. Raïcha et Tahédag me saluent longuement. Elles sentent le myrte.

Ils sont tous là, mes amis du désert : Mawli, Amghar, Kadi, Faranjani, Warta, Moussa, Tano, Bala, Issouf... et tous les autres, venus des quatre coins de l'Aïr pour fêter mon retour.

Et cette fête durera trois jours, durera trois nuits, avec les veillées, les étoiles et la lune, les équipées dans le désert à dos de méhari, les dunes de Tirsal où rôdent parfois le diable et le taureau sans tête.

Trois jours et trois nuits à provoquer les djinns, à célébrer les « cours d'amour », à exalter Iblis, le démon qui déchaîne les amours interdites avec les jeunes filles ou les femmes infidèles, maîtresses d'une nuit.

Ô pommes greffées ! Ô tailles de roseau
Femmes à la taille accomplie,
*À la ceinture bariolée, aux sourcils noirs**...

Parler de Niamey, de son fleuve, de tout ce que j'ai vu ? À quoi bon. Cela ne servirait qu'à briser le miracle : celui de me trouver chez moi.

Rien n'est plus douloureux que d'annoncer à ma

* Chanson touarègue célébrant les amours éphémères.

mère mon intention d'aller en Europe puis aux États-Unis.

— Mère, c'est plus fort que moi, je veux que tu comprennes. Il faut que j'aille voir ce qui se passe là-bas.

Et pour la rassurer, je lui murmure :

— Où qu'il aille, le nomade revient toujours à son premier campement. Je reviendrai bientôt.

Ses yeux ne quittent pas ses mains, ses mains qui m'ont appris l'alphabet tifinagh, ses mains qui, maintenant, ne servent plus à rien.

— Le monde est une meule, me dit-elle en caressant ma joue. Il te broiera, Mano !

Le soir, s'accompagnant de l'*imzad*, elle fredonne de longues mélopées tristes comme le vent, et c'est le martyre de l'entendre improviser des paroles qu'elle arrache une à une au piège de ses souvenirs.

Le jour de mon départ, elle est la première levée. Elle a préparé son chameau, le mien et celui de mon frère Eddoua.

— Je vous accompagne jusqu'à Agadez, dit-elle gravement.

Je me tais. Un fils peut-il empêcher sa mère de faire ce qu'elle a décidé ?

Jamais, au cours de ce trajet qui durera deux jours, elle ne demandera un instant de repos. Pour nous faire honneur, elle se tient droite sur son chameau, s'applique à trotter à allure régulière.

À la tombée du jour, nous nous arrêtons dans un oued, un bel emplacement au sable fin et blanc. Avec les feuilles d'un palmier doum et du bois d'acacia nous faisons du feu et jetons dans les cendres nos galettes de blé. La nuit est magnifique avec toutes ses étoiles. Le Guide et les Pléiades, les Sept Filles de la Nuit, sont au rendez-vous. Elles guident peut-être l'âme de mon père sur le chemin d'Allah.

Le lendemain, nous sommes à Agadez chez ma sœur Rhalla. Mariée à un Touareg à Agadez, Rhalla est maintenant séparée de l'homme pour l'amour duquel elle a quitté Tidène. Avec ses enfants, elle vit sous la tente qu'elle a plantée sur une parcelle de terrain louée à la municipalité. Elle n'a pas voulu habiter une maison en banco. Elle a besoin de la respiration de l'air entre les palmes, besoin du vague à l'âme.

Je consacre mon temps à visiter la ville avec ma mère. Cela se résume à rencontrer les Touaregs d'autres tribus venus vendre leurs bêtes sur le marché. Ma mère va de l'un à l'autre, s'informe de leur santé, leur parle des heures et des heures. Pour éviter de penser à mon proche départ, elle se saoule de mots.

Pendant que ma sœur aînée l'emmène admirer la mosquée d'Agadez ou choisir des étoffes dans les ruelles étroites, je me précipite chez tous les transporteurs routiers qui remontent vers le nord.

— Vous n'auriez pas une place pour moi ? Je suis solide. Je pourrai décharger vos camions.

Ils déclinent mon offre : « Trop jeune ! », « Pas assez d'expérience ! ».

La vraie raison n'est que leur peur de se voir retarder aux postes frontières par les tracasseries policières qui attendent tout Touareg là-bas.

Il y a bien ce commerçant libyen que connaît le cousin du cousin qui m'a conduit à Niamey. Il doit arriver la semaine suivante. Peut-être acceptera-t-il de me charger jusqu'à Tamanrasset ?

Je n'ai qu'un maigre pécule en poche. Une partie provient de l'argent que j'ai économisé avant de partir à l'armée, l'autre m'a été prêtée par d'anciens camarades d'école et de misère. Comment vais-je pouvoir payer ce camionneur, mon voyage de Tamanrasset à Alger, le bateau d'Alger à Marseille, mon séjour à Paris, mon billet d'avion pour les États-Unis ?

Je refuse d'y penser. J'ai vingt ans.

Le camionneur libyen a enfin accepté de me prendre à son bord, mais, avant de partir, il veut voir mon passeport et mon visa. Pour les obtenir, j'ai dû subir des dizaines et des dizaines d'interrogatoires : « Où veux-tu aller ? », « Que vas-tu faire à Tamanrasset ? » ; « Un bouzou ne doit pas quitter ses chameaux et ses chèvres » ; « Fais-nous voir encore ton livret militaire ! »

— C'est bon, tu peux monter dans la cabine ! me lance le chauffeur en me rendant mes papiers. Ce sera six mille francs.

Cela entame déjà sérieusement mes petites économies !

Le camion est un semi-remorque chargé sur deux niveaux de moutons faméliques achetés à bas prix aux bergers de l'Aïr, des bêtes affamées par la grande sécheresse. Entassées les unes sur les autres, elles gémissent à chaque tour de roue. Trois

Haoussas, juchés sur les ridelles, sont chargés de trier celles qui mourront en route. Dans la cabine, le chauffeur et son coéquipier libyen ne m'adressent la parole que pour me demander de prendre le moins de place possible.

Écrasé contre la portière, je me tais. Que puis-je faire d'autre ?

Nous traversons la vallée de Téloua, celle de Tamazélak. C'est partout la même désolation. Des oueds asséchés, des pâturages arides, quelques chèvres squelettiques broutant des touffes de lichen, des campements abandonnés à la savane désertique. Les tôles, le capot du camion frémissent sous la réverbération.

Nous nous arrêtons au puits de Gougaram pour prendre un peu d'eau. Huit moutons sont morts et, pour abreuver les autres, les Haoussas font glisser à travers les claires-voies des cuvettes d'eau tiède que les bêtes affolées piétinent et renversent.

Bringuebalant, nous mordons sur la piste d'Arlit. Des camions aux roues titanesques nous croisent. Ils sont convoyés par des jeeps de l'armée nigérienne. Ils transportent le minerai d'uranium arraché aux entrailles du désert. Partout, des militaires armés et des pancartes interdisent l'entrée de cette zone qui, avant 1968, était une piste de transhumance pour les troupeaux venus du massif de l'Aïr.

Un barrage nous oblige à stopper. Des soldats braquent sur nous leurs fusils mitrailleurs et entreprennent de nous fouiller.

— D'où venez-vous ? Où allez-vous ?

Ils arrachent nos passeports, les épluchent avec méfiance, refusent de nous les rendre.

— On vous les rendra au dernier poste de garde !

Nous remontons dans le camion. Escortés par les hommes en armes, nous avançons au pas le long d'une route grillagée. Nous croisons des enfants, des femmes, des hommes en haillons. Ce sont tous des nomades venus là pour chercher du travail, des Touaregs, des Peuls que la sécheresse a chassés de chez eux, des miséreux au regard mort, faisant la queue pour être embauchés dans les mines, ne serait-ce qu'une journée. Ils sont là par milliers, vivant d'aumônes, dormant dans des cartons, écœurants bidonvilles entourés de barbelés. Le plus insoutenable est la vue de ces vieilles femmes touarègues tendant la main à travers la clôture pour quémander un peu de nourriture. Mendier : la pire des déchéances. La pire des souffrances.

Leur honte me fait mal et je ne peux rien faire.

Nous reprenons la piste. Les yeux fermés, je pense aux erreurs du peuple touareg. Il paie cher sa lutte pour défendre sa culture, défendre sa fierté. En refusant la scolarisation, il n'a pu accéder aux emplois destinés aujourd'hui aux gens du Sud qui, eux, ont su courber l'échine. Son amour-propre l'a mis à l'écart de toute société, l'a empêché de s'intégrer. Brimé, méprisé, humilié, il ne lui reste rien. À Arlit comme ailleurs, on l'a désincarné.

Le chauffeur du camion, excédé par l'attitude des policiers d'Arlit envers nous, entame la conversation.

Il a l'air d'avoir été choqué aussi par la misère des femmes touarègues rencontrées à Arlit.

— Avant d'être chauffeur, dit-il en reprenant sa route, je servais dans l'armée libyenne. Je n'avais pas le choix. Comme ceux qu'on a vus à Arlit, je venais du désert...

Sa voix se voile. J'entends à peine ce qu'il dit.

— Mon père, murmure-t-il, mon père était libyen... Ma mère était berbère. Ils sont morts tous les deux...

— Comment t'appelles-tu ?

— Je m'appelle Ahmed, dit-il en me serrant la main.

Le semi-remorque a pris de la vitesse. Cinquante, soixante, soixante-dix kilomètres à l'heure, le bon régime pour rouler sur la tôle ondulée. De temps en temps des panneaux nous indiquent que nous approchons de la frontière algérienne.

— Nous allons nous arrêter au poste nigérien d'Assamaka, me glisse Ahmed. Surtout, garde ton calme. Ici, les gendarmes et les policiers sont nerveux.

La piste est barrée par un amoncellement de pierres. Nous devons emprunter un tronçon de route qui conduit à un baraquement : le poste de police, de douane et de gendarmerie. Des soldats entourent le camion, nous font signe de descendre. À peine avons-nous mis pied à terre que les gendarmes, la poitrine bardée de cartouchières, se jettent sur nous et entreprennent de nous fouiller. Ils ont fait descendre les passagers et le Libyen du camion, les ont plaqués contre la plate-forme.

Poussés dans le baraquement, nous subissons un interrogatoire serré.

— Où allez-vous ?... À qui vendez-vous ces moutons ?... Votre âge ?... Où êtes-vous né ?... Le nom de vos parents !

C'est à mon tour maintenant.

— Comment t'es-tu procuré ce passeport et ce visa ?... Comment te permets-tu de voyager ? Un bouzou est tout juste bon à garder ses chameaux.

Ils me poussent sur une chaise en fer, tournent autour de moi, me forcent à me lever, à m'asseoir, à me lever encore.

Je ne dois surtout pas réagir. Je connais ces hommes. Ce sont tous des insoumis de l'armée nigérienne qui purgent ici leur peine, des têtes brûlées qui, par-dessus tout, détestent les Touaregs.

Après trois heures de « formalités », nous sommes libres enfin. Nous pouvons entamer l'ascension des contreforts du Hoggar. Jamais le désert ne m'a paru plus beau avec ses dunes annelées, son soleil rouge, ses oueds pareils à des cratères. Je me sens oppressé comme chaque fois que le jour va faire place à la nuit. Une sorte d'angoisse, de joie, de nostalgie. Cela, gloire et louange à Dieu, ne peut pas s'exprimer.

Les abords de Tamanrasset avec sa frontière arbitraire qui la sépare de sa ville jumelle Agadez. Je retrouve, le long des oueds que nous longeons, les mêmes paysages que ceux de l'Aïr : les grands massifs de basalte, les pitons volcaniques surgissant du sable ocre et blanc, les tamaris et la plainte du vent dans leurs branches ébouriffées. Je croise les mêmes Touaregs que sur les pistes du Niger. Nous parlons la même langue, possédons la même culture, connaissons le même dénuement, la même richesse.

Que te manque-t-il, ô homme nu ?
— Une bague, mon prince !

Ces deux vers sahariens suffiraient à illustrer la nature profonde de ce que je ressens, de ce que je partage avec ces femmes et ces hommes-là. Les émotions que le désert a humblement enseignées à nos cœurs.

Ahmed m'a lâché sur le bord de la piste, à cent kilomètres de Tamanrasset.

— Bonne chance, Mano !

Avec son vieux camion, il se dirige vers la Libye. Je ne le reverrai probablement jamais.

Sur ma demande, il m'a laissé au bordj du Père de Foucauld. Un prêtre du nom de Michel me le fait visiter avec d'autres touristes. Il nous récite sa leçon bien apprise, nous montre, dans le mur de pierre, l'impact de la balle qui a tué le saint homme. Le lendemain, je vais à l'ermitage du Père de Foucauld dans l'Assekrem. Du haut de cette forteresse, mon regard s'échappe vers le désert qui s'étend, avec ses pitons volcaniques, sur plus de deux cents kilomètres. J'ai l'impression de voler, de planer. J'ai le souffle coupé devant tant de beauté.

Pourquoi dois-je quitter tout ça ?

Parmi les touristes, je remarque un petit jeune homme roux. Tout à l'heure, je l'ai vu descendre de sa Land Rover et me suis étonné de sa fragilité. On dirait le Petit Prince dessiné par Saint-Exupéry. La même morphologie, la même chevelure. Je m'approche en lui tendant la main.

— Bonjour, je m'appelle Mano Dayak. Je suis touareg du Niger. Et toi, quel est ton nom... ta nationalité ?

D'emblée, je le tutoie. C'est normal, on croirait un enfant. Son regard est surpris. Je m'attends presque à ce qu'il dise :

*S'il vous plaît, dessine-moi un mouton**.

— Je suis français, répond-il. Mon nom est François... François Siegel**.

Il parle du désert comme on parle d'une femme. Ses mots sont tout en rondeurs lorsqu'il évoque les dunes, les couchers de soleil, les oasis de Ghardaïa, douces comme un parfum.

— Tu les connais ? me demande-t-il, soudain.

— Non, je ne les connais pas.

Je suis dans sa drôle de voiture qu'il appelle son 4 × 4. Elle me rappelle la Land Rover de M. Coularis, mais celle-ci est équipée de tout le matériel pour

---

* *Le Petit Prince*, Saint-Exupéry.

** L'actuel directeur, avec son frère Jean-Dominique, du journal *VSD* créé en 1977 par leur père, le grand journaliste Maurice Siegel.

combattre le désert : des plaques de désensablement, des rangées de jerricans, des bidons d'eau, un capteur et un compas, deux radios, des bâches de protection, des bouteilles de gaz pour le camping, des conserves, des aliments lyophilisés, des tubes de mayonnaise, de tomate, de lait concentré. Je suis fasciné par cette machinerie. À quoi pourrait-elle servir sur les pistes qui mènent à Bilma ?

François est fier de sa voiture. Il m'explique des astuces que je ne connais pas : le savon et les dattes qui colmatent les trous du réservoir d'essence, la poudre de piment pour obturer les fuites du radiateur, le sable pour bourrer les chambres à air crevées. Pour me faire plaisir, il insère une cassette dans le poste de radio. D'un seul coup, je comprends toute la fragilité des hommes du désert. Que deviendront-ils le jour où les *Rolling Stones*, les *Bob Marley* ou les *Jimi Hendrix* envahiront leurs tentes ? Le jour où le lait leur parviendra en tubes, où les montres phosphorescentes remplaceront les étoiles ?

Après des kilomètres et des kilomètres de route, François Siegel me dépose à El-Menia. Avant de nous quitter, nous échangeons nos adresses : Tidène, quelque part dans l'Aïr, Paris, quelque part dans le dédale de ses rues civilisées.

— Je t'attends chez moi, me dit-il doucement. Bonne route et bonne chance !

Un camion, deux camions, trois camions acceptent, tour à tour, de me prendre en stop. Plus je m'approche des grandes villes du Sahara et plus, sur le bord de la piste, je croise des nomades qui poussent devant eux un maigre bétail et se tassent dans des campements de fortune semblables à ceux que j'ai vus à Arlit. Le regard vide, ils vont droit devant eux. Ils n'ont plus d'illusions. Ils ont perdu leurs rêves.

Ghardaïa, avec ses palmeraies, ses jardins où poussent tous les légumes — tomates, laitues, aubergines, melons — est un trompe-l'œil magnifique qui voudrait excuser les gisements de gaz et de pétrole que les grandes compagnies exploitent à Hassi-R'Messaoud. Là, les tentacules des gazoducs et des oléoducs émergent du sol pour se perdre à travers un désert policé, en direction d'Arzew, d'Oran, d'Alger. Pourtant, les oasis sont belles dans cette région du Mzab qu'habitent encore les Mozabites, ces berbères musulmans inexorablement contraints à l'émigration vers les grandes villes qui les digéreront. Les dattiers croulent sous leurs fruits, l'eau ruisselle dans les jardins et, sous les appareils photo des touristes, les artisans confectionnent des djellabas, des « souvenirs » en cuivre ou des ceintures et des portefeuilles « artisanaux » fabriqués en usine.

Dans les vieilles rues de Ghardaïa, je découvre des femmes au visage voilé. J'ose à peine leur demander ma route. Je les sens séquestrées derrière leurs voiles noirs. Me fascinent aussi les vieillards trottinant sur leurs ânes. Avec leurs longues barbes, on dirait ces prophètes de *La Fuite en Égypte* dont me parla un jour le père Grenier, l'ami de M. Coularis : « Afin de les soustraire aux persécutions d'Hérode, Joseph a choisi le désert comme terre d'exil pour Jésus et sa mère Marie... »

Une terre d'exil ? Aujourd'hui, ces mots me font si mal.

10

Dans une bouffée de chaleur et de bruits, Alger m'accueille à la descente du car que j'ai pris à la sortie de Ghardaïa. J'ai dans ma poche l'adresse d'un Français croisé à Tamanrasset quelques jours après ma rencontre avec François Siegel. Il s'appelle Paul Faisant. Dans un déluge de paroles, il m'a raconté son enfance à Alger.

— Je suis né rue Marengo dans la basse Casbah, entre les rues Genina et Barberousse. Je connaissais tous les commerçants de ma rue... Puis, un jour, il y a eu la guerre d'Algérie...

La guerre d'Algérie. Ses parents sont morts au cours de cette guerre. Sa mère a été victime de l'OAS, son père, du FLN. Une grenade, une balle perdue. L'injustice absurde.

— Malgré tout, m'a-t-il dit, je ne pourrais jamais quitter ce pays. Je l'aime. Peux-tu comprendre ça ?

Paul Faisant est professeur au lycée français d'Alger. Il est venu m'accueillir à la gare routière avec son bon sourire et son exubérance de pied-noir.

— Viens, me dit-il dans une longue accolade,

avant de visiter la ville, nous allons faire un tour à Sidi-Ferruch. C'est là que mes parents m'emmenaient en vacances.

Tout au long du parcours en voiture, il m'étourdit de paroles affectueuses, de recommandations :

— As-tu pris mon adresse ? Mon numéro de téléphone ? Dans la rue, méfie-toi de tout le monde... Ne t'y promène pas la nuit...

Nous nous engouffrons dans une vaste allée bordée d'eucalyptus et de palmiers géants et, tout au bout... la mer.

La mer. Je suis pris de vertige, de crainte et de respect devant tout ce bleu qui grignote le rivage en vagues successives, se fond avec le ciel, se perd à l'infini. J'ai sous mes yeux un désert que je ne soupçonnais pas. À la hâte, j'arrache ma chemise, retire mes mocassins, m'élance sur la plage et plonge dans les vagues. Vite, je refais surface et crache l'eau que je viens d'avaler. Jamais je ne me serais douté qu'elle puisse être aussi salée et qu'elle puisse tuer, comme dans le désert, des hommes par la soif.

Je nage droit devant moi. Dans cette mer immense, je ne sens plus mon corps. Je veux aller le plus loin possible, me perdre dans les flots, plonger pour voir ce que cachent ces profondeurs marines. Je barbote, m'essouffle et suis pris d'une crampe. Sur la plage, des gens gesticulent, hurlent des mots que je ne comprends pas. J'essaie en vain de regagner la rive, brasse l'eau de mes bras. Je suis pris de panique. Soudain, mes talons heurtent le sable. J'ai pied. Je suis sauvé. J'ai failli me noyer dans cette mer que je voyais pour la première fois.

En fin d'après-midi, nous visitons Alger, ses grandes avenues, son port encombré de bateaux, ses souks avec leurs dédales de ruelles, de boutiques et d'ateliers. Sur le pas de leurs portes, les commerçants fument le narguilé, jouent au tarot ou aux échecs, s'invitent à boire le thé chaud à la menthe. Partout des odeurs d'épices et de jasmin séché. Un peu plus tard, nous passons devant la Grande Mosquée. C'est l'heure où les muezzins échangent leurs prières d'un minaret à l'autre, où les fidèles, prosternés vers La Mecque, implorent la bénédiction d'Allah, où le soleil se couche sur la mer pour lui donner une couleur de sang.

J'ai enfin trouvé un passage pour l'Europe, sur un vieux rafiot qui effectue son dernier voyage d'Oran à Alicante. Avec mon pécule, je n'ai pas les moyens de m'offrir une croisière en Méditerranée, encore moins une couchette. Sur le pont, je fixe la mer, essaie de la comprendre. Comment peut-on s'orienter sur cette masse d'eau que l'étrave sectionne en sillons parallèles ? Sans doute de la même manière qu'un caravanier parvient à guider ses chameaux à travers le désert. Sur le sable ou sur l'eau, le marin, le nomade sont les hôtes de Dieu.

Alicante, ma première ville européenne avec ses Espagnols que je ne comprends pas, qui refusent un sourire, une poignée de main.

— *Puede pasar su camino, yo no conozco usted.* Passez votre chemin. Je ne vous connais pas.

Pour oublier, je bois des pichets de grenache.

Le surlendemain, je prends le train pour Madrid, la capitale du Royaume d'Espagne. Un royaume périmé. C'est ainsi que je vois cette ville avec ses hidalgos en costumes croisés travaillant pour des banques ou pour l'immobilier, ses Carmencita aux bouches peintes et aux cheveux décolorés.

Dans le train qui m'achemine vers la France, les gens me sourient et quelques-uns me parlent :

« Vous êtes touareg. Ah, Lawrence d'Arabie avec Peter O'Toole ! Vous avez vu le film ? »

Un babillage qui ne rime à rien et permet de gagner du temps sur le métronome des wagons sur le rail. Dans le couloir, accoudé à la fenêtre, je regarde défiler le paysage, avec ses prairies, ses cours d'eau, ses viaducs, ses villages isolés dans le temps. Ce temps que je ne connais pas.

Paris, les Champs-Élysées que je découvre à travers les vitres d'un taxi, l'Arc de Triomphe, la Tour Eiffel épinglée dans la nuit, la Seine, ses bateaux-mouches, les Invalides et son dôme doré. Je vacille devant toutes ces lumières... Et là, le pont Alexandre III.

Dans l'ascenseur qui me hisse à l'étage de mon ami Siegel, je me sens défaillir. Paris vient de montrer ses dents.

Le lendemain, je veux me perdre dans le métro aux odeurs d'amande douce. Je me laisse porter par la marée humaine, suis effrayé par la fermeture automatique des portes, me sens claquemuré. Concorde, Champs-Élysées-Clemenceau, Franklin-Roosevelt, Étoile... Étoile, Franklin-Roosevelt, Champs-Élysées-Clemenceau, Concorde. Dans ces stations souterraines, je me laisse porter par le va-et-vient, j'apprends à courir sur les quais, je me façonne à cette foule immense, toujours désabusée. Seuls me sourient des hommes qui, comme moi, ont la peau basanée. Des frères en quelque sorte.

J'ai voulu me perdre dans ce désert peuplé et fourmillant. Toute la nuit, j'ai marché dans les rues. Place du Trocadéro, j'ai trouvé scandaleuses les fontaines avec leurs girandoles crachant l'eau vers le ciel. Toute cette eau perdue alors que, chez moi, les plantes et les animaux meurent, victimes de la sécheresse. Sur les Champs-Élysées, je me suis extasié devant tous ces néons clignotant dans la nuit. Sur les grands boulevards, les immeubles me broyaient par leur taille. Devant les cinémas, des hommes et des femmes piétinaient dans le froid, longues queues d'anonymes parmi les anonymes. Les files de taxis, les bus, les sirènes des voitures de pompiers, des voitures de police, les clochards dormant sur les bouches d'aération et, à Pigalle, les filles sur le trottoir, faisant voltiger leur sac à main avec désinvolture, les aboyeurs aux portes des cabarets, les entrées d'hôtels avec leur éclairage glauque. Gare Saint-Lazare, j'ai ressenti le besoin de parler à quelqu'un, de lier connaissance mais les gens me fuyaient. C'était comme si j'avais voulu les arracher à leur sommeil. J'essayais de comprendre pourquoi toutes ces femmes, tous ces hommes marchaient à pas pressés, se bousculaient, me bousculaient sans un seul mot d'excuse. En essayant de suivre leur cadence, je titubais d'un trottoir à un autre. À Notre-Dame, un vieux monsieur donnait à manger aux pigeons et j'ai eu l'impression que c'était la seule famille qu'il avait dans cette ville.

Je suis ballotté d'un dîner à l'autre. Chez des coopérants que j'ai rencontrés à Niamey, chez des amis que j'aime : Edmond Bernus, Jean-Marc Durou, Raymond Depardon... et de fil en aiguille, chez des gens que je ne connais pas, et qui veulent avoir leur soirée touarègue.

— Est-il vrai que les femmes touarègues sont blondes avec le regard bleu ? Combien coûte un chameau ? Comment dit-on « chameau » en tamasheq ? Pourquoi les « hommes bleus » ?

Au bistrot, on me demande d'écrire en tifinagh sur les nappes en papier. Je nage en plein folklore.

Paris n'est qu'une étape dans l'odyssée que je me suis imposée. Il me faut maintenant affronter l'Amérique. J'ai mon billet d'avion en poche : un vol économique via Bruxelles, par la compagnie Sabena.

Paris-Bruxelles en train, l'aéroport de Zaventem. Mon avion n'est pas encore affiché. Je déambule dans le hall. Les passagers glissent et se croisent sans bruit sur le dallage. J'ai l'impression de tremper en pleine conspiration : celle du silence et de la peur. Je comprends tout à coup. Elle est due à l'angoisse d'être arraché du sol.

Assis près du hublot, je regarde l'océan qui défile sous les ailes du Boeing. Je prends pour des bateaux le remous blanc des vagues. Je guette le moindre bruit, les changements de régime des moteurs, je souris à l'hôtesse, lui demande de me rassurer.

— Pourquoi avançons-nous si lentement ? S'agit-il d'une panne ?

New York. Ron Ashmore, l'ami américain qui me donnait des cours d'anglais à Niamey, m'accueille avec chaleur à l'aéroport Kennedy. Nous sautons dans un taxi et nous nous retrouvons au cœur de Manhattan. Le ciel se répercute dans l'acier et le verre des buildings : horizon vertical qui me donne le vertige et me glace d'effroi. Tout me semble inhumain dans cette forêt de gratte-ciel : la foule qui déferle et hoquette à chaque montée ou descente de trottoirs, les sirènes stridentes des voitures de police, les magasins engloutissant et dégorgeant leurs clients, le bruit, les cris, la bousculade, l'apathie ou la folie de ces milliers de gens qui tous ont le même regard : celui de la désillusion ou celui de la haine. Partout, c'est la provocation. Des feux rouges aux bouches du métro, du ciel au macadam, de l'Huston à l'East River. Je hais Wall Street, ses banques titanesques, ses hôtels monstrueux, la richesse, la misère à chaque carrefour, ces femmes en vison descendant de leurs Rolls, ces clochards blottis au pied des murs de marbre, ces Noirs, ces Blancs, ces Jaunes entassés derrière une palissade, aliénés par l'alcool ou la drogue.

Tel fut mon premier round avec New York avant

de partir pour Indianapolis où m'attend « la maison des Fosters ».

Lorsque je parle de Tim, de sa femme et des quatre enfants Fosters, je n'ai pas d'autre appellation à l'esprit que celle de « la maison des Fosters ».

J'avais connu Tim à Niamey à l'époque où il faisait partie du « Peace Corps ». Tout de suite, entre lui, sa femme et moi, s'était installée la plus profonde amitié. C'était des gens simples qui savaient écouter et qui aimaient l'histoire des Touaregs sans doute parce que, dans leur pays, les Américains sont eux-mêmes des nomades.

Après tant d'années de séparation, je les retrouvais à Indianapolis où Tim travaillait pour les télécommunications américaines. Tout de suite, avec la plus grande simplicité, ils me considérèrent comme faisant partie de « la maison Fosters ». C'était la première fois que j'avais une vraie maison à moi.

Quelques jours après mon arrivée, Tim me conduisit en voiture à *Eagle Creek Park*, situé à une dizaine de kilomètres de la ville. Il voulait me faire visiter le *Museum of Indian Heritage*, le musée archéologique indien.

— Tu vois, Mano, dit-il, dès que nous fûmes arrivés, ici est enfermée une partie de l'histoire des États-Unis, et cette histoire a été écrite par les Indiens. Au Niger, ce sont les Touaregs qui doivent perpétuer celle du Sahara. Je sais que votre situation est pathétique mais n'oublie jamais cette phrase de Saint-Exupéry : « Le pathétique est le sentiment de l'étendue. » Sans ce sentiment, sans cette conscience, ton pays est perdu.

En attendant de retourner chez moi, il me fallait devenir un homme fort, un homme capable d'aider mes frères touaregs.

Je me mis à travailler d'arrache-pied, décidai de m'inscrire à l'université, d'avoir mon baccalauréat. Je voulais rattraper tout le temps perdu afin d'obtenir des diplômes qui — pensais-je — me permettraient d'aider mon peuple. Pour payer mes études, je fis du baby-sitting, de la maçonnerie, de la menuiserie et autres bricolages. J'arrivai même à me faire embaucher comme serveur dans un restaurant chic de la ville. Il s'appelait *Wall Street.* Wall Street, le quartier des affaires, le quartier de ces rupins qui m'avaient effrayé à New York. Je réussis à me faire engager dans une école maternelle qui employait une méthode destinée à éveiller l'intelligence des enfants. Mon travail consistait à leur raconter mon pays. Je leur montrais des photos du désert, des photos de chameaux, leur expliquais comment nous vivions dans nos oueds. Je m'exaltais et souvent les mots se brisaient dans ma gorge. C'était toute ma jeunesse que je leur racontais.

Avec les quelques dollars que je parvins à mettre de côté, j'obtins mon permis de conduire. J'essayai aussi d'alerter la presse sur la sécheresse qui frappa le Sahel cette année-là encore. Grâce à un ami — j'ai la chance de me faire des amis — je fis un passage dans une télévision où l'on me demanda de parler de la détresse des Touaregs, de la sécheresse et des dangers que mon peuple encourait. Je me montrai si convaincant qu'à travers une église dont j'ai oublié le nom, je parvins à récolter un peu d'argent que l'on envoya à la Croix-Rouge pour qu'il soit distribué à des familles nigériennes déshéritées.

Je pensais pouvoir trouver une école et acquérir une formation qui me permettrait de retourner dans le désert. Je dus m'incliner. Les Américains ne se sentaient pas concernés par le problème touareg. Seul les intéressait celui des minorités indiennes : des Cherokees, des Choctaws, des Séminoles, des Chickasaws...

Je n'avais plus rien à faire à Indianapolis. Il me fallait revenir à New York.

C'est à New York que je fis, encore chez des amis, la connaissance de Margaret Mead, l'anthropologue américaine du département d'ethnologie du Museum d'histoire naturelle. Je lui parlai de ma volonté de trouver aux États-Unis une école spécialisée dans les recherches sur l'élevage au Sahara. Vu l'étendue des grands déserts américains, je pensais naïvement que ma démarche pouvait la séduire.

— Vous perdez votre temps, me répondit-elle. Les Américains ne se soucient guère du Sahara. Pour eux, le Sahara, c'est l'Afrique, la France, c'est l'Europe et ils ne savent même pas où est située la Belgique. Vous feriez mieux de retourner à Paris. Là, vous trouverez peut-être une solution.

1973-1974. Je retrouve Paris. Je suis triste d'avoir abandonné « la maison des Fosters ». Ils sont le meilleur souvenir que j'ai rapporté d'Amérique. En quittant Indianapolis, je leur ai promis de revenir bientôt quand...

— C'est nous qui viendrons te voir à Agadez, m'ont-ils interrompu. Dans peu de temps, tu seras là-bas.

J'ai déniché une chambre de bonne de deux mètres sur deux, me nourris de sandwichs pris sur le coin du zinc des bistrots de la rue Mouffetard. J'apprends à aimer le beaujolais nouveau, le beaujolais tout court. Je me suis inscrit à la Fac, à la sixième section de l'École Pratique des Hautes Études ethnologiques. J'ai droit au « Resto U », ce qui me permet de manger à ma faim. Je visite les musées, aime me perdre dans les rues. Tous les prétextes me sont bons pour me lier aux gens. Je connais le marchand de journaux de la rue de Rennes, la fleuriste au coin de la rue Pierre-Charron, le bougnat de la rue Saint-Louis-en-l'Ile, le clochard du quai de la Rapée. Ceux-là, oui, acceptent d'échanger quelques mots à la hâte : « Fait pas chaud aujourd'hui », « Les temps sont durs, monsieur », « Vous prendrez bien quelque chose ? ». Ce ne sont pas de grandes conversations, mais au moins on existe entre nous. Les autres, ceux que je croise dans les gares, dans les squares, sur les grands boulevards ou sur les Champs-Élysées, se dérobent, fuient toute discussion. Ils n'ont jamais le temps. Ils n'ont que du mépris et de l'indifférence. Ils ne savent pas que le véritable bonheur est de rencontrer une autre vie et de la serrer dans ses bras. Leur désert me fait peur. Il faut dire qu'ils n'ont pas de repère. Les étoiles brillent si rarement dans le ciel de Paris. Ils sont sourds et aveugles.

À l'École Pratique des Hautes Études ethnologiques, je suis les cours de Germaine Tillion qui enseigne l'anthropologie culturelle et sociale du monde berbère. Je me suis fait des amis parmi les étudiants de l'université : trois ou quatre Touaregs qui, comme moi, sont venus se perdre en France. Le soir, nous nous réunissons. Notre plus grande joie est de pétrir la pâte pour faire le *taguela*, ce pain touareg qui est cuit sur la braise et que l'on enterre dans le sable des dunes. Faute de sable, nous enveloppons les galettes dans du papier aluminium et les faisons griller sur la spirale de mon réchaud électrique.

Ce *taguela* que nous grignotons en silence a un goût de chagrin.

Lors d'interminables cérémonies du thé, nous parlons du désert. Nous parlons de « là-bas ».

Où qu'il aille, le nomade revient toujours à son premier campement.

Dans *Le Monde*, sous la plume de mon ami Philippe Decraene, je lis : « Tout porte à croire qu'aujourd'hui le gouvernement malien veut mettre à profit la famine pour réduire à merci les dernières velléités de résistance ou les ultimes manifestations de particularisme des Touaregs qui, jusqu'à présent, ont vécu en marge de la communauté nationale... » J'apprends, de la même source, que Moussa Traoré, le président malien, interdit aux organisations internationales, telles que la *Christian*

Aid, de surveiller l'affectation des sacs de céréales livrés au titre du programme alimentaire mondial, ces mêmes sacs qui, allègrement détournés par les autorités locales, se vendent au prix fort sur les marchés de Gao et de Tombouctou. Je découvre aussi qu'une fondation allemande, qui proposait une aide de douze millions de francs en faveur des réfugiés, a vu ses délégués — chargés de s'assurer du bon emploi de cet argent — expulsés du territoire malien. Et Philippe Decraene de conclure : « On se demande si le président-colonel Moussa Traoré n'est pas en train de préparer la "solution finale" de la question touarègue. »

Au Niger, à la même époque, le colonel Kountché prend le pouvoir en renversant le président Diori. Il interdit que le mot nomade soit prononcé sur tout le territoire, et les vivres qu'il laisse parvenir aux victimes de la grande sécheresse sont si maigres que les Touaregs de la plaine de l'Azawagh baptiseront 1974 « l'année des petites tasses ».

Dans l'Aïr, les bêtes meurent par centaines, de faim et d'épuisement. Les derniers pâturages calcinés par la sécheresse ne suffisent plus à les nourrir et les longs parcours d'un puits à un autre, pour trouver un herbage incertain, les tuent impitoyablement. Désemparés et impuissants, les nomades restent à leurs côtés sans pouvoir les aider. Le dernier chameau mort, incapables de rallier à pied un quelconque secours, ils s'affaiblissent et meurent à leur tour.

Dans les campements, plus de mil, plus de lait... et les maladies de carence. Aucun soin mis en place. C'est la désolation. Pour laisser aux enfants, aux femmes et aux vieillards le peu de nourriture disponible, les hommes jeunes décident de s'exiler soit vers l'Algérie, où ils viennent agrandir le nombre des émigrés dans d'exécrables bidonvilles, soit vers la Libye où le colonel Kadhafi offre à certains une formation militaire dans sa fameuse Légion islamique. Là, ils apprennent à se servir d'une Kalachnikov... et à bien s'en servir.

Ceux qui n'ont pas la chance de servir dans l'armée, privés de leurs troupeaux et de toutes ressources, vagabondent de petits boulots en petits boulots. Une place de perdue, une autre de retrouvée, ils se font mécaniciens, maçons, chauffeurs... des métiers manuels que l'honneur leur interdisait de pratiquer. Maillons d'une chaîne invisible, ils passent, entre deux embauches, de la Libye au Niger où, clandestinement, ils retrouvent, pour une nuit ou deux, leurs campements. Ce sont les *ishomar,* un terme provenant du mot français *chômeur.* Bannis par la misère, perdus loin de leurs oueds, ils exhalent leur rage et leur tristesse à travers des poésies et des chansons qui dénoncent les maux et les injustices qui accablent leur peuple. Ces chants et ces ballades deviennent bientôt des hymnes que les chameliers colportent d'oued en oued à travers le désert. Galvanisés par cet élan patriotique, las de se battre pour une cause qui ne les concerne pas, une partie des mercenaires touaregs engagés par le colonel Kadhafi désertent les fronts du Tchad et du Liban et vont s'embusquer — avec leurs Kalachnikovs — dans les montagnes de l'Aïr et de l'Adrar des Iforas.

La rébellion est née.

Dans ma chambre de la rue Soufflot, je piétine d'impatience. Sans cesse, je pense à mon pays. Jamais, je n'ai connu une telle nostalgie. Un tel remords.

La chance joue pour moi. La *Fédération Mondiale des Villes Jumelées*, une agence qui organise des voyages sur le fleuve Niger et chez les Touaregs du Sahara, cherche un tour-opérateur. Mon expérience du désert, ma connaissance de l'anglais plaident en ma faveur. Je suis aussitôt engagé. Mon travail consiste à planifier ces voyages durant toute la saison d'hiver, à les accompagner dès les premiers beaux jours. Pour me permettre de poursuivre mes études, le directeur de l'agence a consenti que, d'octobre à juin, je travaille à mi-temps.

À quoi servent les cours d'ethnologie ? Même si j'obtiens ma maîtrise, le gouvernement du Niger ne va tout de même pas me payer pour sauvegarder la culture touarègue alors qu'il a tout mis en place pour l'écraser. Et pourtant, Dieu sait ce que j'ai rêvé d'apporter à cette culture. Je voyais déjà des machines à écrire avec des caractères tifinagh, j'imaginais des livres recueillant le savoir des Touaregs, leur véritable histoire...

Mortifié, j'ai abandonné l'École Pratique des Hautes Études ethnologiques, les cours de Germaine Tillion. Maintenant que j'ai l'opportunité de rentrer au pays, c'est d'une autre manière que je veux aider mon peuple.

À Agadez, avant de prendre le désert en 4 × 4, je passe en revue les jeunes étudiants et les jeunes enseignants qui font partie de mon premier voyage :

— Méfiez-vous du soleil. Surtout pas de shorts ni de bras nus. Évitez de ramasser des pierres ou de piétiner les herbes. Elles peuvent cacher des vipères ou des scorpions.

Et la recommandation essentielle :

— Évitez de parler de politique, on risquerait de vous prendre pour des espions.

Nous nous installons dans deux Land Rover et commençons à remonter vers les contreforts de l'Aïr. Mon cœur bat en traversant Azzel. L'école n'a pas changé ni les pistes sur lesquelles je fuguais pour aller rejoindre ma tribu et ma mère. Dans une lettre écrite en tamasheq, elle m'a fait savoir qu'elle était de retour dans son oued de Tidène. Y sera-t-elle encore ? La lettre toute chiffonnée date de six mois déjà : « Mano, prends garde à toi ! Le bonheur est dans l'attente et le mien est immense. Reviens vite ! »

Reviens vite. Je sais que je ne pourrais plus vivre la vie dure et magnifique du désert. J'ai connu trop de choses, trop de facilités. Je ne pourrais pas reprendre ma vie d'errance avec les troupeaux, de puits en puits, devenir chamelier sur la route de Bilma, me plier aux caprices des pluies et de la sécheresse. Je sais en même temps que, jamais, je ne pourrais vivre très longtemps loin du désert.

Sous les roues du 4 × 4, la terre est craquelée, les tamaris font leur apparition. C'est l'époque où les pintades viennent y pondre leurs œufs. Là, une touffe de lichen ; entre ces touffes, des empreintes de chameaux : « Observe cette ligne brisée qui va de droite à gauche... et ce creux plus large à l'avant. Il s'agit du méhari de agg Amghar... »

Que sont devenues les leçons que mon père m'enseignait ? J'ai perdu le souvenir des traces d'Abzaw, ce chameau que j'avais su dresser.

Le campement enfin. Derrière les acacias rachitiques, seules paissent quelques chèvres. Un peu plus loin, six chameaux sellés se tiennent immobiles. Ils sont là pour la couleur locale. Tout à l'heure, mes jeunes vacanciers demanderont à les monter en se prenant pour sir Lawrence d'Arabie.

Ma mère est là, légèrement en retrait. Elle a peur de ces gens qu'elle ne connaît pas et qui, déjà, mitraillent avec leur Leica ce qu'ils appellent la flore et la faune. Je me précipite vers elle, la serre dans mes bras. Nous nous taisons... Nous avons trop de choses à nous dire.

Timidement, ma sœur Tahédag me raconte la vie au campement. Mawli, m'apprend-elle, est parti pour Arlit.

— Il dit que c'est une très belle ville. Il va revenir avec beaucoup d'argent et acheter de nouvelles vaches et des chèvres.

Je l'écoute en silence. Je n'ose pas lui raconter toute la misère que j'ai vue à Arlit, les enfants et les femmes réduits à la mendicité, le regard vide des hommes derrière les barbelés, les mauvais traitements...

— Tu sais, me dit-elle, quelques mois après ton départ, des commerçants haoussas sont venus ici avec de gros camions. On a dû leur vendre beaucoup de bêtes. En échange, ils nous donnaient du mil... du mil et du fourrage. Il y a même un soldat qui a voulu échanger la cousine de Sidati contre dix sacs de dattes et cinq sacs de sorgho. Sidati lui a fendu la tête avec le manche de sa fourche. Il a failli le tuer. Depuis, Sidati se cache dans le désert.

Elle se détourne et ajoute d'une voix minuscule :

— Anna n'a pas voulu quitter notre oued pour aller chez notre sœur Rhalla. Elle n'est plus très jeune et on aurait aimé qu'elle parte à Agadez. Il n'y a rien eu à faire. Elle disait : « La gazelle demeure en son pays, dans la sécheresse comme dans l'abondance. »

Je me sens misérable. Pendant tout ce temps-là, qu'ai-je fait pour ceux de ma tribu ?

Ce soir-là, après un méchoui organisé aux frais de l'agence pour nos hôtes parisiens, les femmes, autour du feu de camp, ont joué du *tende* et chanté cette chanson :

Les hôtes de Dieu et nos hôtes...
Nous voici vous demandant pardon,
Notre Seigneur est votre maître et le nôtre.
Aveugles, nous ne vous voyons pas,
Sourds, nous ne vous entendons pas...

À cet instant, j'aurais aimé m'enfuir dans le désert.

11

Sagement assise sur sa chaise, elle me regarde droit dans les yeux et me dit :

— J'ai appris que vous partiez pour Agadez ? Je suis venue m'inscrire à la méharée que vous dirigez dans l'Aïr.

Ses cheveux sont courts et châtain clair. Ses yeux sont lumineux et son regard est grave. Elle s'appelle Odile. Elle ne peut que s'appeler Odile. Sa réserve et sa simplicité m'intimident. M'intimident aussi son charme, sa grâce d'adolescente.

— Quel âge avez-vous ?

— Vingt-deux ans. Je prépare une licence de géographie.

D'un trait, elle m'explique qu'elle rêve de sable, de silence, de couchers de soleil...

— À Paris, je me sens asphyxiée. Je ne suis pas faite pour les grandes cités et les dîners en ville.

Je me sens pris au piège. C'est sûr, je suis en train de tomber amoureux. Alors, réaction stupide, je fais tout pour la dissuader d'effectuer ce voyage.

— Notre agence peut vous soumettre d'autres destinations...

— Pourquoi, me demande-t-elle, pourquoi essayez-vous de m'expédier dans des pays qui ne m'attirent pas ?

À bord de la Land Rover qui nous conduit le long de la vallée de l'Aouderas, elle est la seule à ne pas prendre de photos mais ses yeux enregistrent chaque détail : les pics de granit noir, leurs éboulis de sable, les nuages magiques bloqués par la montagne. Elle retient son souffle comme si elle avait peur de voir s'envoler toutes ces merveilles. De temps à autre, elle s'amuse à répéter les quelques mots tamasheq qu'elle m'a demandé de lui apprendre :

— Adrar : montagne... tarayat : piste... ténéré : désert... edjef : dune...

Elle m'a même récité ces vers de Keltoum Sennhauser :

Lorsque le vent souffle dans la nature :
Les murmures des feuillages bercés ;
Les sillons qui zèbrent les dunes
De sable, c'est encore toi...

Ce soir-là, nous avons bivouaqué au bord du lit de l'Aouderas. Allongée sur le dos, elle s'amusait à compter les étoiles.

— Lorsque j'aurais fini, me dit-elle en riant, je serai une vieille fille.

Tout naturellement, je lui ai pris la main.

Et tout naturellement, de retour à Tidène, ma mère l'a aimée. Assises devant la tente, elles restent de longues heures à parler. Par gestes, avec simplicité, elles tentent de se comprendre et leurs doigts sont bavards. Le soir, à la veillée, ma mère a voulu que je leur serve d'interprète.

— Mano, dis-lui d'être heureuse comme je l'ai été. Chaque minute compte. Il faut aimer la vie.

Odile l'écoutait ou, plus exactement, Odile savait entendre.

— Bientôt, a poursuivi ma mère, ce sera la fin du monde.

— La fin du monde ? a demandé Odile.

— Ce sont ses mots, lui ai-je répondu. Je ne fais que traduire.

Ma mère a poursuivi :

— D'abord, il y aura la pluie et cette pluie entraînera une grande maladie... Un vent énorme emportera les hommes et les bêtes. Une seule personne restera sur terre. Il aura une chèvre. On l'appellera le Gardien de la Chèvre. Lui ne mourra jamais. Sa chèvre derrière lui, il parcourra le monde sans jamais s'arrêter.

— Et que fera ce Gardien de la Chèvre ? l'a questionnée Odile.

— Il marchera, marchera, en aura vite assez de vivre seul sans quelqu'un à aimer, sans quelqu'un à qui parler.

Arrivée à ce point du récit, ma mère m'a regardé, a regardé Odile et c'était comme si elle voulait que le monde s'arrête à cette image.

— Continuez ! l'a conjurée Odile.

— Chaque fois qu'usé et pitoyable, le Gardien de la Chèvre passera devant une tombe, il suppliera le ciel en disant : « Faites que je sois à la place de celui qui est enterré là ! »... Puis, ce sera la grande résurrection. Ceux qui ont été mauvais renaîtront sous la forme de scorpions, de lézards, de puces, de moustiques... La terre sera peuplée de bêtes malfaisantes. Ceux qui ont été bons iront au paradis.

J'étais subjugué. Le visage impassible, ma mère brodait autour de sa légende du Gardien de la Chèvre, mélangeait le sacré au profane, essayait de nous faire partager sa vision de la mort et de la rédemption.

— Le paradis, s'enflammait-elle, le paradis est un oued immense peuplé de vaches, d'ânes, de chèvres et de chameaux. Il y aura tant et tant de pâturages que les animaux n'auront plus jamais à se déplacer... et l'enfant restera au campement.

L'enfant, c'était moi, moi qui allais repartir.

— À Paris, prenez soin de lui, a-t-elle dit à Odile.

J'aimais quand elle disait « Odile ». Elle prononçait « Idylle ».

Mes sœurs et mes frères ont voulu eux aussi rencontrer cette « Française que Mano a ramenée de Paris ».

Les filles, Rhalla, Raïcha et Tahédag lui ont fait découvrir le nom des plantes, lui ont appris à nouer le voile touareg, à le relever élégamment sur le sommet de la tête, à préparer le thé. Les garçons, Feltou, Eddoua et Rhamer lui servaient des cascades de thé qu'elle portait à ses lèvres.

Odile et moi faisions de longues randonnées à dos de méhari. Nous ne nous parlions pas. Nous écoutions ensemble les murmures du désert.

En cet hiver 1976, de retour à Paris, jamais encore je n'ai ressenti un tel mal du pays. Sans cesse, me reviennent en mémoire les paysages de l'Aïr, ma famille, les amis que j'ai laissés et qui m'attendent. J'ai de plus en plus de mal à supporter les interminables repas auxquels je suis convié, les discussions qui n'en finissent pas. J'en ai assez d'entendre philosopher sur la politique de Mitterrand, de Giscard, sur les relations franco-russes, sur la politique de Jacques Chirac... assez de ces conversations stériles qui ne mènent nulle part. J'ai envie de choses beaucoup plus simples. Les Parisiens ne regardent-ils donc jamais les arbres, le ciel et les nuages ?

Il faut que j'explique mon malaise à Odile :

— Je ne suis pas fait pour vivre à Paris. Ma vérité est dans le désert. Là-bas, je suis heureux. Là-bas, je peux être utile à quelque chose.

— Quand partons-nous, Mano ? m'a-t-elle répondu.

Tout simplement : « Quand partons-nous, Mano ? »

Nous voici, Odile et moi, dans ma bonne ville d'Agadez. Avec de l'argent prêté par des amis, nous avons acheté deux Land Rover que nous avons ramenées à travers le Sahara. Avec elles, nous ferons visiter le désert aux touristes, nous les guiderons d'Agadez au massif de l'Aïr, irons jusque dans le Ténéré. Nous avons tracé les itinéraires, décidé des étapes. Nous avons fait tous les calculs, échafaudé des lendemains brodés d'or et de soie. Notre agence s'appellera « Temet-Voyages ». Elle fera travailler des dizaines et des dizaines de Touaregs qui conduiront nos futures voitures, loueront leurs chameaux pour de longues méharées...

En attendant, nous effectuons quelques excursions avec nos Land Rover. Odile en conduit une, je conduis la seconde. En clandestins, bien sûr. Je n'ai pas encore obtenu la licence que doit m'accorder la Préfecture d'Agadez.

— Pourquoi es-tu revenu dans le désert ?

— Qui te payait aux États-Unis ?

— Que fais-tu en France ?

Voilà vingt-quatre heures que je suis en garde à vue. Sans cesse, on m'interroge, on m'accable de questions. « On » : ce colonel Mahamadou S. Diallo, ministre de l'Intérieur, qui a peur de ce qu'il ne comprend pas. Pour lui, je suis un dangereux agitateur, un espion à la solde de la CIA, de la DST, des services secrets du colonel Kadhafi.

— Une licence pour monter une agence de voyages au Niger ? Tu ne penses tout de même pas que l'on va te l'accorder ?

Nous sommes en 1977. Finis les beaux projets, englouti notre rêve... Et Odile qui met au monde Mawli, notre premier enfant.

Obligés de vendre nos voitures, nous partons pour Niamey. Nous n'avons plus un sou. Je cours de ministère en ministère, arpente tous les couloirs, ne trouve que portes closes. En attendant une quelconque procédure, M. Pastor, un promoteur français, me propose un emploi à *Niger-peinture*, une entreprise spécialisée dans le bâtiment. Odile a déniché un poste de responsable du personnel local, à l'Ambassade des États-Unis. Mariés à la mairie de Niamey, nous élevons Mawli avec l'immense espoir de retourner très vite à Agadez où je suis interdit de séjour. Chez moi... !

En coulisses, j'apprends que, considérées comme « zones non agricoles », les régions touarègues ne bénéficient d'aucune aide alors que, dans d'autres régions, des sommes énormes sont investies dans des projets. Pourtant, toutes les études s'accordent pour souligner l'importance des possibilités agricoles dans les oasis et les oueds où les nappes phréatiques abondantes ne demandent qu'à être mises en valeur. J'apprends que, dans le domaine de la santé, la situation est pire encore. Il n'existe aucun hôpital digne de ce nom dans les départements de Tahoua et d'Agadez et les rares antennes sanitaires sont sous-équipées. Elles ne disposent ni de produits pharmaceutiques suffisants ni de personnel qualifié. Le taux de mortalité et surtout de mortalité infantile ne cesse de monter.

La presse est muette mais je sais qu'à Arlit et à la frontière de l'Algérie de très nombreux Touaregs viennent grossir le nombre des bannis, des enfants, des femmes, des vieillards qui meurent par centaines de maladies et de malnutrition.

Je sais qu'à Tchin-Tabaraden, les *ishomar* revenant de Libye, messagers d'une nouvelle image du monde nomade, sont systématiquement pourchassés.

Je sais que, dans le nord du pays, les écoles nomades ne disposant ni de personnel compétent ni de matériel pédagogique approprié cessent peu à peu d'exister. On ne compte qu'un seul collège public dans tout le département d'Agadez. Dépourvus d'internat, ce collège et le lycée de Tahoua, entre Agadez et Niamey, ne peuvent accueillir les élèves touaregs qui se voient obligés d'abandonner l'école après le collège. Je sais et le gouvernement sait que cette éducation inachevée fera de ces enfants des transfuges stériles, généralement incapables de s'affirmer dans une société qui leur est interdite. Devenus adultes, il leur restera l'armée, mais maintenant l'armée se refuse à les intégrer vraiment, en leur fermant l'accès aux grades supérieurs.

Je sais que, dans les secteurs publics et parapublics, le marché du travail étant en priorité réservé aux Djermas et aux Haoussas, des milliers de Touaregs vivent sans travail dans les camps de la mort d'Agadez, d'Arlit, de Tchirozérine. Inscrits sur les listes des demandeurs d'emploi, ils n'ont d'autre ressource que de faire le siège des services d'embauche, où ils attendent en jouant au *dara*, mais où ils sont refoulés systématiquement.

Le génocide a commencé. À la suite d'un putsch tenté contre le gouvernement du président Seyni Kountché, en mars 1976, une répression sauvage est organisée contre les Touaregs. Plusieurs seront exécutés, d'autres seront torturés dans les geôles de l'État. Ceux qui parviennent à échapper aux arrestations arbitraires sont contraints à l'exil. Une administration de type militaire, mise en place en zones touarègues, organise une vaste répression fondée sur la délation et la circulation de mensonges de toutes sortes. Ces services de « renseignements » seront maintenus jusqu'au décès du général Kountché en 1987.

Partout, la communauté touarègue, forte de trois millions de personnes, est victime de l'arbitraire et des atteintes aux droits de l'homme les plus fondamentaux.

Je ronge mon frein. Il faut à tout prix que cette satanée licence me soit accordée. Je veux retourner à Agadez. Je veux vivre au milieu des miens, faire quelque chose pour mes frères. Je me débats, me démène, me déchaîne. Un secrétaire d'État touareg — les miracles existent — prend ma défense auprès des services compétents, remue ciel et terre, déterre mon dossier. Non, je ne suis pas un dangereux espion, non, je ne suis pas le redoutable agitateur qui a fait ses armes en France et aux États-Unis pour semer le trouble dans son pays. Je suis un paisible citoyen qui a fait son service militaire en tant que sergent, auquel on ne connaît aucune connivence avec les *ishomar* rebelles, qui a trouvé du travail et épousé une Française. Une Française... Il ne faut surtout pas créer d'incident diplomatique. Cette Française travaille au consulat des États-Unis.

J'obtiens enfin satisfaction. J'ai l'autorisation de

rentrer à Agadez, de créer Temet-Voyages. Je vis dans le bonheur...

Et Odile m'a donné un deuxième fils que nous appelons Madani. Madani, un prénom touareg. Une sorte de symbole.

Tout de suite, les affaires reprennent. Séduits par la beauté du paysage, la tête pleine de légendes, de nombreux Européens venus suivre le Paris-Dakar déferlent sur Agadez, la ville ocre du désert. Ils veulent connaître la vie des « hommes bleus », les approcher, se faire photographier avec eux. Nous ne voulons pas de cette mascarade. Nous ne sommes pas là pour encourager un tourisme zoologique mais pour faire découvrir les beautés d'une terre de vérité avec ses miracles, ses vertus, ses grandeurs. Nous voulons que le monde entier sache que, dans ce coin du monde, une poignée d'hommes se bat pour préserver ses racines et son identité.

Temet-Voyages a pris son envol et fait vivre de nombreux Touaregs : les jardiniers des oasis qui vendent leurs légumes, des chameliers qui organisent des méharées à travers le pays, les forgerons qui écoulent leurs bijoux, leurs poteries, leurs articles en cuir, les chauffeurs que nous engageons. À Agadez, les hôteliers, les restaurateurs, les loueurs de 4 × 4 ont fait fortune. De zéro centime, notre chiffre d'affaires s'est élevé à un million de francs, argent que nous avons investi pour faire connaître et se développer cette région du nord que le gouvernement aurait aimé asphyxier. Nous avons désormais une quinzaine de véhicules, des guides expérimentés.

Grâce à tous les contacts que j'avais pris à Paris et, notamment avec des agences de voyages comme Africatour, je parvins à monter une ligne de charters Paris-Agadez qui amena de plus en plus de touristes et fit parler du Ténéré et de l'Aïr dans de nombreux médias.

La mise en place de ces vols charters fut longue et difficile tant les autorités de Niamey craignaient de voir notre région prendre un important envol économique qui risquait d'échapper au gouvernement central. Les autorisations de trafic aérien tardaient. À la mauvaise volonté des autorités de la capitale s'ajoutaient les pressions des compagnies aériennes qui ont traditionnellement le monopole du ciel africain. Les professionnels du tourisme et les commerçants de Niamey rejoignaient à leur tour ceux qui refusaient de voir notre région se développer et s'enrichir. Tous refusaient de perdre leurs prérogatives économiques aux dépens d'une partie du pays jusque-là laissée à l'écart.

La lutte fut donc âpre pour imposer cet avion vers Agadez. Il me fallut expliquer qu'on ne pouvait développer le tourisme dans le nord du Niger en imposant à des voyageurs attirés par le désert un long, inutile et coûteux détour par Niamey. Grâce à la persévérance du P-DG d'Africatour, mon ami Bernard Didelot, nous avons gagné notre courageux pari : faire atterrir un vol charter qui assurait la liaison Paris-Agadez. Ce fut le début d'une belle, mais très éphémère, aventure pour tous les amoureux du désert. Alors que l'opération commençait enfin à être rentable, les deux compagnies du monopole aérien en Afrique se proposèrent de reprendre à leur compte cette liaison qui nous avait coûté tant d'efforts. Quelque temps plus tard, UTA et Air Afrique supprimèrent la liaison Paris-Agadez...

Vers la même époque, le passage du Paris-Dakar par le Ténéré, avec une journée de repos à Agadez, déclencha là encore les « jalousies » économiques de Niamey où l'on regrettait de voir cette manne passer si loin de la capitale. C'est au hasard d'un de mes passages près du puits de l'Arbre du Ténéré en 1982 que je croisais l'équipe de reconnaissance du Paris-Dakar. Là un homme vint vers moi pour me saluer.

— Bonjour, je suis Dominique Pipat. Nous avons un ami commun, l'architecte Jacques Gauthier.

Et puis, Dominique m'apprit qu'il était cinéaste et qu'il filmait la reconnaissance du tracé du Paris-Dakar pour la télévision française. Il avait la passion de la mer et participait à des transats, notamment avec Éric Tabarly. Après une longue discussion sur les similitudes qui lient la mer au désert, il me proposa de me présenter Thierry Sabine, l'organisateur du rallye. Je trouvais Thierry Sabine extrêmement attachant et très éloigné de l'image que je me faisais de sa terrible course.

Ce rallye, je le percevais d'abord comme un affront au désert, comme une insulte au silence et au dénuement de ce monde jusque-là préservé de la folie de cette armada de voitures, de motos, de camions, d'avions, de journalistes et de vedettes médiatiques. Je regardais donc passer cette folle caravane traversant l'Afrique tel l'harmattan et dont les vents de sable effaçaient aussitôt toute trace. Comment supposer un instant que ces fous de vitesse pouvaient être des amoureux du désert et de son peuple ?

Et pourtant, la rencontre avec ces deux hommes exceptionnels me donna une nouvelle approche du rallye. Quelques mois plus tard, le rallye faisait halte à Agadez. Je retrouvai Thierry et Dominique et j'appris à connaître d'autres membres de cette caravane européenne. Amis ou anonymes, je compris alors qu'ils n'étaient pas les fous que j'imaginais mais souvent des gens qui voulaient allier leur passion des sports mécaniques à leur passion du désert et du fantastique espace de liberté qu'il représente.

Et beaucoup d'entre eux sont effectivement devenus, au fil du temps et des kilomètres effacés sur le sable, des amis. À ceux-là j'essayais de faire partager la culture touarègue, le bonheur du verre de thé après l'ivresse de la course et ces insaisissables moments de liberté captés sous les étoiles du ciel saharien.

Ainsi Jacky Ickx, qui depuis n'a cessé de revenir dans le Ténéré, seul ou en famille, et qui y a fait creuser ou cimenter des puits. Ou le prince Albert de Monaco, qui après le rallye, est revenu à Agadez pour y financer un dispensaire. Ou encore les frères Marreau qui participent à toutes les actions de solidarité et d'aide aux Touaregs. Que ce soient les motards (Neveu, Auriol, Boudou...), les pilotes et leurs copilotes (Gabreau, Gabbay, Fauconnier, Pescarolo, Fourticq, Vatanen, Lartigue, Chantal Nobel et d'autres encore) ou les journalistes qui suivaient le rallye, tous en devenant mes amis devenaient des compagnons de route de la cause touarègue.

Ils ont par la suite été extraordinaires et se sont toujours mobilisés pour dénoncer les injustices dont les Touaregs furent les victimes, comme ce fut le cas à Tchin-Tabaraden en mai 1990 ou lors des massives arrestations arbitraires d'août 1992. Ces hommes et femmes, avec qui j'avais partagé quelques instants de bonheur et d'insouciance, ont toujours répondu présents dans les moments critiques qu'a connus mon peuple toutes ces dernières années.

Le passage du rallye a été très bénéfique à toute notre région sur le plan économique. Pendant ces deux mois dans l'année, Agadez et sa région vivaient dans l'effervescence. Tous les habitants s'organisaient au mieux pour accueillir ces gentils fous du volant et ceux qui parfois allaient jusqu'à affréter des jets privés pour passer à Agadez le jour où le Paris-Dakar y faisait halte. C'était l'occasion de recevoir des amis : François Siegel de *VSD*, Hervé Bourges alors P-DG de TF1 ou Jacques Lanzmann, ce grand nomade européen. Agadez devenait encore un peu plus cette ville carrefour des voyageurs, des civilisations, des cultures et de l'amitié.

Au fil des années, une très forte complicité est née entre Thierry Sabine et moi. C'était un homme exceptionnel, au charisme extraordinaire. Son amour du désert était immense et il vouait une grande admiration et un grand respect au peuple touareg. Progressivement, le Paris-Dakar était devenu pour lui un prétexte pour venir retrouver le désert, ses habitants et ses amis. À partir d'une entreprise folle, il sut créer une solidarité, des liens et des amitiés aussi forts et indestructibles que le désert. Je l'aimais surtout pour ces qualités-là.

Avec Thierry nous avons ensuite tracé dans le Ténéré les étapes qui ont fait la légende du Paris-Dakar. Notre petite équipe dessinait, balisait les étapes d'erg en erg. Ivan Lossouacn faisait la navigation et Suzanne Fournais, la compagne de Thierry, dessinait dunes et montagnes pour permettre aux concurrents de se repérer. Suzanne était une femme courageuse et digne dont l'accent danois emplissait de vie et de joie nos bivouacs dans les dunes.

C'est lors d'une des courses improvisées que nous faisions ensemble à bord de nos 4 × 4, que Thierry me lança le défi de participer au Paris-Dakar comme concurrent dans la course officielle. Et l'année suivante, je me retrouvai pilote de course sur un prototype d'usine. J'étais bien loin des caravanes de Bilma auxquelles je ne pouvais m'empêcher de penser quand je traversais le Ténéré en moins de deux heures à bord de mon bolide. Mais cette course contre le temps n'était pas mon but dans ce rallye.

Dans mon esprit, la course s'est arrêtée un soir, à la tombée de la nuit, à l'heure de cette inexorable solitude qu'affronte tout homme face au désert, et qui engendre nostalgie et angoisse. Là, j'ai été stoppé net par l'une des visions qui ont le plus marqué ma mémoire. J'eus juste le temps de freiner et je me trouvai entouré des débris de l'hélicoptère de Thierry Sabine. À mes côtés, Bernard Didelot, profondément marqué par ce tragique accident ; en cet instant irréel, entre le jour et la nuit, nous regardions en silence les corps inanimés de nos amis (Thierry Bagnou, le pilote ; N. Odent, une journaliste ; Daniel Balavoine, qui mobilisait toute son énergie pour les habitants du Sahel), morts dans ce désert qui était devenu leur seconde patrie.

La nouvelle provoqua un terrible choc chez tous les participants au rallye et le lendemain elle fit l'effet d'une bombe dans la presse. La course devait-elle s'arrêter là ou devions-nous continuer, orphelins, cette terrible aventure ? Après une longue nuit, nous avons tous décidé de continuer jusqu'au bout comme pour défier ce désert qui avait englouti nos amis. À Bamako, nous avons retrouvé Suzanne et affronté son regard noyé dans la tristesse et la douleur. Patrick Verdoy assura jusqu'à Dakar la direction d'un rallye endeuillé.

Je sais que, très souvent, et plus encore pendant ces terribles journées, cette course a été violemment critiquée. Mais ses détracteurs ne connaissent pas son impact économique et médiatique pour les populations et les régions. Ceux qui n'ont jamais vu sur le terrain les projets d'aide économique, médicale, humanitaire, que le passage du rallye a permis de mettre en place, ne peuvent effectivement pas soupçonner son côté bénéfique.

C'est aussi en grande partie grâce à la médiatisation formidable qui entourait le Paris-Dakar que beaucoup d'Européens, et plus particulièrement de Français, ont eu envie d'aller à la découverte du désert des déserts et des hommes qui l'habitaient. Notre région allait être connue dans le monde entier, en attirant également de grands réalisateurs de cinéma tels que Bernardo Bertolucci venu à Agadez et dans le Ténéré tourner toute la partie « désertique » d'*Un thé au Sahara* (alors que, dans le livre de Paul Bowles, dont l'histoire a été tirée, l'action se passe entièrement au Maroc !) ou Claude Lelouch qui vint y réaliser quelques scènes d'*Un homme et une femme, vingt ans déjà*. De nombreuses chaînes de télévision affluaient du monde entier. Le Ténéré, qui hier encore n'était qu'un désert englouti dans l'immense Sahara, devenait célèbre à travers toute la planète grâce à nos efforts. Nous étions heureux et fiers.

Durant toute cette période, je m'étais beaucoup investi pour le développement de notre région, ne voulant laisser passer aucune opportunité économique ou médiatique. Ma vie privée en pâtit. Odile partit s'installer à Niamey avec les enfants et je me retrouvai seul pour la première fois dans mon immense maison en banco entourée de son jardin de lauriers-roses, de bougainvilliers, d'hibiscus et de flamboyants qui en faisaient une magnifique oasis. Je prenais conscience de l'insupportable solitude que provoque le départ des êtres chers. Les souvenirs des visages et des moments passés ensemble accentuaient cette profonde solitude, surtout la nuit quand le silence envahissait la maison et rendait le sentiment d'absence encore plus intense. Seul le cri d'Aybor, mon sloughi, répondait au bruit du vent dans les eucalyptus. Lui aussi devait regretter ses deux jeunes compagnons de jeu. Dans mes veillées solitaires, je pensais souvent qu'il n'y avait pas pire souffrance que d'avoir des enfants et de ne pas pouvoir les regarder vivre et grandir.

Un malheur n'arrivant jamais seul, quelque temps plus tard la réussite économique de notre région et les espoirs qu'elle suscitait pour ses habitants devaient stopper net. Un événement tragique vint nous rappeler que nous restions touaregs, donc marginaux à l'ensemble de la société nigérienne. En mai 1990, des jeunes, écœurés par la misère de leurs familles parquées dans des camps de réfugiés dans l'attente d'une hypothétique aide toujours détournée, se sont mobilisés pour crier leur révolte. Face à ce ras-le-bol d'une jeunesse et de tout un peuple laissés pour compte, le pouvoir politique et les autorités militaires ont répondu par une violence aveugle et féroce.

En quelques heures l'armée a quadrillé la région de Tchin-Tabaraden et procédé aux pires humiliations, tortures et meurtres. Des enfants ont été tués devant leurs parents, des hommes nus promenés dans des véhicules à travers les campements. Dans la caserne, après les tortures, le capitaine Maliki achevait les mourants. Les puits de la région ont été empoisonnés ou gardés par l'armée qui y massacrait les nomades. De nombreux Touaregs partirent alors mourir de soif dans le désert !

Le président Ali Chaibou tenta de justifier l'injustifiable : à la télévision nationale, il parla de la menace de terribles rebelles armés alors que les cadavres retrouvés étaient ceux de femmes, d'enfants et de vieillards et que tous les hommes arrêtés furent libérés quelque temps plus tard faute de preuve ! Plus tard, il évoqua des « bavures » ayant provoqué la mort de soixante-dix Touaregs alors que Monseigneur Berlit, l'évêque de Niamey, annonçait à une journaliste de *L'Express* le terrible bilan de six cents morts.

L'acharnement et la haine gratuite avec lesquels furent commises ces atrocités étaient aussi terribles que les souffrances infligées à notre communauté. Des vieillards vinrent me raconter en pleurant ce à quoi ils avaient assisté. Et ces larmes d'indignation, de désolation et d'abandon me secouaient au plus profond de mon être.

Dans ma tête tout basculait. Comment continuer à vivre, à bien manger et à bien dormir face à une telle haine ? Quelle valeur pouvaient prendre nos sacrifices, notre volonté d'intégration, nos efforts politiques devant tant de rejet et de mépris ? Comment composer avec ceux qui essayaient, une fois encore, d'anéantir la société touarègue ?

J'ai alors tenté de faire quelque chose et je suis parti pour Niamey afin de rencontrer l'ambassadeur de France, M. Lunven. Je connaissais le poids économique et politique de la France dans notre pays et je savais que ce poids accordait à la France assez d'autorité pour faire cesser le massacre. M. Lunven m'écouta attentivement et me demanda de revenir le voir après son entrevue avec le président. À mon retour je fus surpris d'entendre que notre cher président jugeait la situation « pas trop grave » et qu'il s'étonnait même qu'on y prêtât autant d'attention.

Je compris qu'il n'y avait plus rien à espérer dans un pays où le plus haut pouvoir politique cache la vérité et couvre une armée qui peut massacrer en toute impunité. Je suis donc parti en Europe pour dénoncer ces horreurs qui laissaient certains Nigériens si indifférents.

Je me suis installé à Paris où j'ai créé l'association TILALT. Tous les médias, presse écrite, télévision et radio, acceptaient de parler des événements de Tchin-Tabaraden. Des pétitions condamnant les massacres recueillaient les signatures de célébrités, d'hommes de la rue, d'amoureux du désert, de tous ceux qui voulaient que cesse la barbarie. Des associations de droits de l'homme, notamment Amnesty International, nous ont rejoints dans ce combat contre l'injustice et la haine.

J'essayais aussi de mobiliser des hommes politiques en Belgique et en France. Bernard Kouchner, alors ministre de l'Action humanitaire, a accepté de se rendre sur place pour évaluer la situation et témoigner de son désaccord face à ce qui se passait au Niger. L'accueil qu'il a reçu des autorités nigériennes et de l'ambassadeur de France, gêné par un témoignage si courageux, fut froid.

Mme Danielle Mitterrand accepta de me recevoir dans le cadre de son association « France Libertés » pour s'informer du drame de Tchin-Tabaraden. Elle était sincèrement bouleversée par le récit des horreurs commises là-bas et elle a écrit une lettre au président Ali Chaibou en lui demandant d'intervenir pour que cessent les tueries. Aujourd'hui encore, cette femme m'émeut tant elle paraît déborder de bonté, de compréhension et de justice. Elle croit en sa lutte pour le droit à la vie et à la liberté. Des mots si précieux pour nous, Touaregs.

Tchin-Tabaraden représenta pour les Touaregs un tournant décisif. Cet événement a déclenché une prise de conscience qui nous a enlevé tout espoir et toute illusion de démocratie et de justice. Ainsi, par la folie des hommes, est né un sentiment de révolte aux conséquences dramatiques pour le Niger et pour l'unité de ses peuples. Une coupure décisive dans l'histoire de notre jeune nation.

Certains Touaregs ont décidé de prendre les armes et se sont installés dans cette forteresse naturelle qu'est le massif de l'Aïr. D'autres voulaient croire en une solution politique et se préparaient à la Conférence Nationale. Au Niger, comme dans de nombreux pays de l'Afrique de l'Ouest, soufflait le vent de la restructuration des bases politiques, initié par le président Mitterrand au sommet de La Baule. Il fallait tout tenter pour que cette grande plateforme de démocratisation aille dans le sens des espérances de notre peuple.

J'ai vécu alors de terribles tiraillements intérieurs, partagé entre les deux courants qui se dessinaient au sein de notre communauté. Je savais que sur le plan politique il n'y avait rien à espérer du Niger. Le pays et les mentalités n'étaient pas prêts à accepter un type de société et de gestion qui permettraient à toutes les composantes de la Nation nigérienne de s'autogérer dans le cadre d'un État fédéral.

Je ne pouvais cependant me résoudre à rejoindre la rébellion. L'idée de devoir tuer des hommes en laissant leurs enfants orphelins me traumatisait. Et puis je savais que la lutte serait longue et terribles les souffrances pour notre peuple. Mais il nous fallait provoquer des changements politiques qui, de toutes les manières, iraient à l'encontre de la structure politique des États africains. Et, en voulant modifier ces structures héritées de la France, nous allions — inévitablement — nous heurter aux grands fonctionnaires du Quai d'Orsay et de l'Élysée.

J'essayais donc de m'engager dans la voie du règlement politique. En novembre 1990, à Agadez, nous avons créé avec quelques amis un nouveau parti politique : l'UDPS (Union pour la Démocratie et le Progrès Social). Nous vivions alors dans une effervescence politique totale, partagés entre un sentiment d'espoir et la crainte de ne pas voir nos efforts aboutir.

Notre parti a très vite pris une ampleur étonnante et la quasi-totalité des populations du nord du Niger — populations à majorité touarègues — y ont adhéré. Beaucoup de politiciens du pays appelèrent alors l'UDPS « parti politique touareg ». Je pense qu'ils profitaient de cette situation pour marginaliser notre action et discréditer nos efforts d'organisation politique.

En préparation de la Conférence Nationale, dont

la date d'ouverture avait été fixée au mois de juillet 1991, le parti a organisé des tournées, des conférences, des meetings. Nous avons expliqué inlassablement notre principal objectif politique : la mise en place d'un système fédéral au travers duquel toutes les communautés nationales pourraient se développer dans le cadre de leurs spécificités socioculturelles et dans le respect de leur identité. Cette nouvelle organisation politique permettrait, enfin, à l'ensemble des Nigériens de se retrouver dans le respect et la reconnaissance mutuelle. Si nous arrivions à trouver une solution fédérale, l'unité nationale serait consolidée, l'autonomie des régions stimulerait le développement économique et peut-être pourrions-nous éviter la guerre civile.

Malheureusement, au Niger, personne n'était prêt à écouter de tels projets politiques. Je continuais néanmoins à militer au sein de l'UDPS, en tant que secrétaire aux relations extérieures, en espérant que des oreilles progressistes voudraient bien nous entendre lors de la Conférence Nationale. Comme il est difficile le combat politique voué à l'échec !

Dès le début de la Conférence Nationale nous avons déchanté. Le mot « fédéralisme » était tabou et tout Touareg qui en parlait devenait un rebelle en puissance. Tous les débats que nous souhaitions aborder lors de ce grand rendez-vous national ont été écartés ou expédiés aussitôt évoqués. Nous n'avons pas trouvé un seul interlocuteur pour parler du problème des minorités, de l'abandon des projets économiques en zone nomade, des structures médicales rares ou en ruine, des différences de scolarisation entre le Nord et le Sud, du problème de l'élevage...

Mais le plus grave a été le jugement de ce que les participants au débat appelèrent pudiquement « l'affaire Tchin-Tabaraden ». En présence des enfants et des familles des victimes de ces terribles massacres, les bourreaux firent le récit de leur crime aux mille deux cents délégués. La mémoire de tous les Touaregs sera à jamais marquée par le capitaine Maliki, chef militaire de la répression de Tchin-Tabaraden, racontant, le sourire aux lèvres, comment il avait achevé d'un coup de revolver à la tempe le vieil Abdoulmoumine âgé de soixante-dix ans. Il racontait cela tranquillement, sans remords, sans craintes, face aux caméras et aux délégués, et certains ont applaudi ce « héros ».

Je compris que la rupture était consommée. Les enfants d'Abdoulmoumine, les familles présentes dans la salle, tous les Touaregs nigériens qui avaient vu ou entendu cela étaient glacés d'horreur, humiliés par tant de mépris, révoltés par tant de haine. À quoi pouvaient encore servir les bons discours, le multipartisme, les programmes de réconciliation nationale ? Ce processus de démocratisation était certainement une bonne chose pour le Niger mais il accentuait un peu plus l'isolement et la marginalisation des minorités. Une fois encore, je me suis dit que les rebelles avaient peut-être raison et qu'on ne nous laissait guère d'autre choix que celui de nous battre.

Ceux de nos frères qui avaient pris les armes —

et qui s'étaient regroupés au sein du Front de Libération de l'Aïr et de l'Azawagh (FLAA) — ont attendu le résultat de la Conférence Nationale avant de passer à l'action. Après l'échec et l'humiliation, une première attaque a eu lieu contre une patrouille de l'armée nigérienne. Devant les risques de généralisation du conflit, je mobilisai tous les intellectuels touaregs engagés dans la lutte politique et nous avons formé des comités d'intermédiation afin de permettre au gouvernement de transition d'Amadou Cheffou d'ouvrir un dialogue avec la rébellion et d'éviter ainsi, peut-être, la guerre.

Ma maison d'Agadez vivait au rythme des rencontres de ces comités. Chaque jour, des Touaregs venaient par dizaines de tout le pays proposer leur bonne volonté pour que de notre travail commun renaisse la paix. Durant cet hiver 1991-1992, chaque pièce de ma grande maison a abrité les réunions de ces Touaregs, membres de l'UDPS, chefs de groupement, ou simples citoyens.

Mais notre action en faveur de la paix fut aussitôt dénoncée par ceux qui tiraient avantage de cette situation de tension. De la Conférence Nationale était né un pouvoir tricéphale et chacun des trois dirigeants du pays tentait de sortir grandi de la crise. Le président du Haut Conseil de la République (HCR — organe législatif chargé de rédiger la nouvelle constitution), André Salifou, était opposé à toute solution qui créditerait ses adversaires, le Premier ministre du gouvernement de transition Amadou Cheffou et le président de la République Ali Chaibou, d'un succès politique. C'est ainsi que tous les membres de nos comités étaient régulièrement interpellés et accusés de complicité avec la rébellion. Un seul homme de l'équipe au pouvoir œuvrait sincèrement pour rétablir le dialogue et instaurer une logique de paix : le Touareg Mohamed Moussa, ministre de l'Intérieur.

Conscient du drame qui se préparait, Mohamed Moussa a accepté de travailler avec nos comités et tenté d'organiser une rencontre avec les cadres de la rébellion. Son action courageuse lui a valu de sévères rappels à l'ordre de la part de ses supérieurs politiques et des responsables du HCR. Ceux-ci refusaient de reconnaître l'existence du problème pour ne pas avoir à négocier avec la rébellion. Durant cette période, nos comités bravaient tous les dangers pour permettre l'amorce d'un dialogue. Pour ma part, je sillonnais l'Aïr et le Ténéré, allant à la rencontre des rebelles, leur transmettant les propositions de Mohamed Moussa et recueillant leur avis.

En janvier 1992, j'ai réussi à convaincre la rébellion de libérer son prisonnier, le sous-préfet Waddine, qui était porteur d'une offre de dialogue à l'attention du gouvernement. L'armée, craignant un piège du FLAA, refusa d'escorter le préfet d'Agadez, Moktar Incha. Sur sa demande et celle du ministre de l'Intérieur, j'acceptai d'accompagner le préfet et son escorte jusqu'à l'endroit où devait être libéré le sous-préfet. Après d'interminables tractations, nous avons pris la piste de Bilma vers 22 heures. À 2 heures du matin nous avons atteint le petit mont isolé dans les dunes où devait nous attendre le sous-préfet. Mais là, nous n'avons trouvé qu'un bidon d'eau vide. J'ai couru de dune en dune, appelant le sous-préfet. Mais seul me répondaient le silence et le vide du désert. Au bout de quelques heures nous avons dû nous résigner à rejoindre Agadez.

Les pires questions hantaient nos esprits. La rébellion avait-elle décidé d'achever son prisonnier ? Était-il parti seul, à pied, à notre recherche, affrontant par là le terrible froid des nuits d'hiver dans le Ténéré ? Gisait-il quelque part près de nous à bout de forces ? À l'entrée d'Agadez nous avons croisé un camion arrêté dont les passagers dormaient dans les sables de l'oued. Là, nous avons posé les questions de la dernière chance et, surpris et heureux, nous avons découvert le sous-préfet à l'abri du froid, sous le camion, enroulé dans sa couverture !

Quelques semaines plus tard nous avons essayé d'organiser une nouvelle rencontre. Douze des membres les plus influents de la communauté touarègue sont partis, accompagnés du premier secrétaire du ministre de l'Intérieur, Soulé Souleymane, remettre un message de dialogue à la rébellion.

Ce périple restera pour moi le plus beau souvenir de ces mois de tourmente. Nous voyagions dans la crainte de l'armée, prêts à tous les sacrifices pour aboutir à un espoir de paix. Le soir, lors de nos bivouacs, certains vieux chefs touaregs, qui pour la première fois visitaient le grand Ténéré, racontaient émus le souvenir de leur enfance dans les campements des plaines sahéliennes de l'Azawagh. Soulé Souleymane perdait chaque jour un peu plus de son appréhension, en découvrant une partie de son peuple et de son pays, jusque-là restés tabous pour tous les gens du Sud. Nous échangions les verres de thé en racontant nos cultures, nos histoires, nos traditions. Chaque moment passé ensemble nous rapprochait un peu plus. Forts de nos différences et prêts à les partager, l'enrichissement mutuel devenait concret. Certains soirs, il me semblait pouvoir toucher du doigt cette unité nationale dont on nous parlait tant depuis l'indépendance.

Malheureusement, ce voyage et notre rencontre avec la rébellion n'ont abouti à rien. De retour à Niamey, Soulé Souleymane fut remercié pour sa mission et les réponses de la rébellion aux propositions du gouvernement sont restées lettre morte. En fait, le gouvernement était incapable de réagir et les querelles politiques entre les trois pouvoirs s'aggravaient de jour en jour. Chaque initiative de paix était sabotée et les membres des comités d'intermédiation étaient chaque jour critiqués avec plus de virulence. Certains discours poussaient à l'amalgame entre la rébellion et la communauté civile touarègue. Les critiques les plus violentes s'acharnèrent sur Mohamed Moussa qui se trouva propulsé de son bureau de ministre à une cellule de la prison de Niamey !

Face à ce blocage et devant les risques d'explosion du conflit, je décidai de partir pour Paris afin d'alerter les autorités françaises. Naïvement, je pensais que la situation allait se débloquer et que la France userait de toute son influence au Niger pour initier le dialogue. Le 1er mars 1992, je pris l'avion pour Paris. Je quittai mon pays, ma femme et mes enfants restés à Niamey, rempli d'espoir et d'incertitudes.

Si à l'Élysée je fus reçu par Thierry de Beaucé, un proche collaborateur du président Mitterrand, qui écouta attentivement mon analyse de la crise que connaissait mon pays, les portes du Quai d'Orsay me restèrent hermétiquement closes. Certains hauts fonctionnaires de ce ministère devaient déjà avoir une idée toute faite du dossier et de ma démarche — idée qui leur avait sûrement été soufflée par ceux pour qui, depuis mon intervention lors des massacres de Tchin-Tabaraden, j'étais un « dangereux agitateur touareg ».

Devant la démission du monde politique, il ne me restait plus qu'à mobiliser l'opinion publique pour provoquer les réactions des gouvernants. Je savais aussi qu'en maintenant l'opinion informée nous limiterions les exactions contre les populations civiles et que nous éviterions son corollaire immédiat : l'exode massif vers les pays frontaliers. Les bourreaux n'aiment pas agir sous les lumières de l'actualité.

Embarrassé, le gouvernement nigérien a tenté de barrer la route à cette nouvelle initiative : quelques semaines après mon arrivée en France, il a décidé de mon interpellation. Depuis Paris, j'ai appris par une dépêche AFP que si je retournais au Niger, j'y serais en état d'arrestation. Ma maison était occupée par la gendarmerie, l'agence Temet placée sous scellés par le gouvernement. C'était tout le symbole de la réussite économique de notre région qui était ainsi visé et détruit. Le personnel de Temet mis au chômage n'eut d'autre choix que de rejoindre la rébellion ou de s'exiler. Inquiet pour ma famille, je demandai à Odile de laisser Mawli et Madani me rejoindre à Paris.

Une fois encore, comme lors des événements de Tchin-Tabaraden, j'ai mobilisé tous mes amis européens et, depuis l'ex-bureau de Temet à Paris, nous avons fondé l'association TOUAREGS. En quelques jours, nous comptions plusieurs centaines d'adhérents : mes amis du rallye, des compagnons de voyage, des touristes amoureux du Ténéré, d'anciens méharistes. Chaque matin, nous recevions des lettres de soutien venant de la France entière, de Suisse, d'Allemagne, de Suède, des États-Unis, de Mauritanie, d'Algérie...

Nous étions conscients que la sensibilisation et l'information étaient nos seuls atouts dans ce combat contre l'injustice et l'oppression. Nous avons donc organisé une exposition photographique, « Touaregs, dix grands photographes témoignent » dans les locaux du Musée de l'Homme et avec le soutien de son équipe. Tous les grands photographes sahariens ont contribué bénévolement à cette exposition, les laboratoires Fuji ont réalisé gracieusement les tirages des photographies. Edmond Bernus a écrit les textes qui allaient permettre au public européen d'aller à la rencontre de notre peuple et de sa culture. Grâce à Christian

Michel, un ami publicitaire rencontré lors d'une méharée, nous avons obtenu de la part de plusieurs annonceurs parisiens comme Métrobus des espaces gratuits dans le métro et les rues de la capitale.

J'ai souvent entendu ou lu les critiques de nos détracteurs — journalistes, politiciens, africanistes anti-Touaregs — qui nous accusaient d'avoir reçu des financements aussi douteux que mirobolants (certains annonçaient que l'association recevait un million de francs par jour !) de la part de puissances obscures luttant contre l'affirmation de la souveraineté de certains pays africains. À ceux-là je répondais que les finances de l'association étaient uniquement alimentées par les dons de nos adhérents. Que la plupart d'entre eux, étudiants, retraités, salariés ou parfois chômeurs, puisaient dans leurs maigres revenus pour appuyer une cause et un peuple qu'ils aimaient sincèrement. Et le résultat de notre travail et de cette fantastique solidarité s'affichait en 3 mètres sur 4 dans tout Paris pour annoncer les actions de l'association et l'exposition-photo qui devait être inaugurée par Mme Danielle Mitterrand le 3 juin 1992 au Musée de l'Homme à Paris.

Là encore nous nous sommes heurtés aux craintes et aux incompréhensions des administrations françaises qui ne tenaient pas à ce que Mme Mitterrand exprime sa solidarité envers les Touaregs en détresse. Nous avons subi toutes les tracasseries possibles. À deux jours de la cérémonie d'ouverture, nous n'avions toujours pas l'autorisation officielle d'exposer. Tous les membres de l'association ont passé des journées et des nuits entières à multiplier les courriers et les appels téléphoniques. Les fonctionnaires anxieux espéraient sans doute nous voir abandonner devant leur lenteur et les complications. Mais rien ni personne ne vient à bout de ceux qui défendent une cause juste.

Finalement ce n'est que le 2 juin au soir que nous avons obtenu l'autorisation d'installer l'exposition dans le Hall du Musée de l'Homme, à condition que je m'abstienne de toute apparition télévisée lors de l'inauguration. Le 3 juin au matin, le Hall fourmillait de tous nos amis et tous les Touaregs venus des quatre coins de la France pour nous aider. En neuf heures de temps, nous avons installé la centaine de photos de l'exposition, les cartes, les textes et l'éclairage l'accompagnant.

À 19 heures, Mme Mitterrand a inauguré l'exposition. La cérémonie d'ouverture a connu un grand succès. Mme Mitterrand me serra longuement la main, émue d'être à nos côtés et visiblement consciente des difficultés que nous avions rencontrées. Cette exposition a été un fabuleux support pour continuer à mobiliser l'opinion publique sur le drame que vivaient les Touaregs du Niger et du Mali. Par la suite, elle a voyagé à travers la France (au Touquet, dans la Drôme, à Aix-en-Provence, en Bretagne...) et l'association a reçu des centaines de courriers d'adhérents désireux de manifester leur sympathie et leur solidarité.

Mais les hommes politiques, au Niger comme en France, détournaient les yeux en faisant semblant d'écouter. Ils avaient d'autres préoccupations, électorales notamment... En août 1992, prétextant une mutinerie de son armée, le gouvernement nigérien a procédé à l'arrestation arbitraire de plusieurs centaines de Touaregs, femmes, enfants, hommes des campements, religieux, cadres politiques, ministre en fonction (Mohamed Moussa), préfet (Al Moktar Incha) et militaires de carrière. Nombre d'entre eux furent sauvagement torturés. Le soir, les militaires faisaient creuser des tombes à leurs otages, les séparaient et tiraient des rafales pour faire croire à des exécutions et aggraver le climat de terrible terreur qui régnait déjà chez tous ces civils. Le Niger pensait avoir trouvé la solution pour régler le problème touareg de manière définitive. Le sommet de l'horreur, de la bêtise humaine et de la haine raciale était atteint.

Seule, l'Allemagne a condamné ces actes contraires aux principes des droits de l'homme et aux règles de la démocratie dont le Niger se réclamait. La France, par la voix du porte-parole du Quai d'Orsay, a annoncé dans une dépêche laconique qu'elle souhaitait que les personnes arrêtées soient présentées à la justice. Comment mieux cautionner des arrestations extra-judiciaires !

Ces derniers événements augmentaient notre sentiment de révolte. Au début du mois de septembre, nous avons organisé une manifestation, place du Trocadéro à Paris pour dénoncer ces injustices et pour demander la libération de tous les civils. Théodore Monod, Richard Bohringer, Jessica Ford, la femme de Richard Berry, et beaucoup d'autres amis défilèrent à nos côtés. François Siegel offrit une page de son magazine *VSD* à l'association pour que nous y imprimions une pétition destinée aux autorités nigériennes. Des milliers de signatures furent recueillies et envoyées à Niamey.

Sur le terrain, la situation s'aggrava. Les cadres de la rébellion furent arrêtés à Tamanrasset alors qu'ils s'y rendaient sur l'invitation de l'Algérie ! Les combattants restés dans les bases multiplièrent les actions militaires. C'est ainsi qu'ils effectuèrent une attaque contre une réunion du MNSD, à Aballa, à laquelle prenait part le président de ce parti, M. Tanja Mamadou, candidat à la présidence de la République et ennemi des Touaregs. Nous rentrions dans la terrible phase d'enlisement du conflit.

Quelques jours plus tard, j'ai été convoqué au Quai d'Orsay où un colonel et un haut fonctionnaire, M. Philibert, m'ont rappelé la position de la France. Avec le recul, je comprends aujourd'hui que ces fonctionnaires avaient la délicate tâche de suivre le problème en ne s'engageant pas de manière trop ostentatoire pour ne pas gêner le processus électoral au Niger et ne pas heurter les susceptibilités d'un gouvernement ami de la France. Pourtant si les choses s'étaient débloquées plus vite, si certains de nos interlocuteurs français s'étaient montrés plus empressés dans le règlement du problème, combien de malheurs et de déchirements aurions-nous pu éviter !

À l'Élysée, M. Bruno Delay — directeur des affaires africaines — se montrait plus franc, plus compréhensif et plus sincère mais je devais me rendre à l'évidence : la raison d'État ignore celles d'une communauté de nomades perdus dans le désert du Sahara !

Pendant cette période, un homme, Claude Zilberzahn, directeur général de la DGSE, a tout tenté pour que la France abandonne sa position ambiguë et joue enfin le rôle de médiateur pour aider le Niger à retrouver la paix. Je l'ai rencontré à plusieurs reprises pour lui expliquer les causes profondes du drame touareg et combien il était urgent d'instaurer le dialogue avant qu'il ne soit trop tard. Après des prises de contact avec le président Mitterrand et les autorités nigériennes, il m'a finalement annoncé que la France était prête à servir de médiateur, et que lui-même ferait office de « facilitateur ». Enfin quelque chose de concret et de positif.

À compter de ce jour tout espoir était permis pour éviter au Niger une terrible guerre civile. Toutes nos énergies se sont focalisées sur cet effort de dialogue. Mais très vite le problème des délégués de la rébellion, qui devaient se déplacer pour assister à une première rencontre avec les représentants du gouvernement, s'est posé dans des termes délicats : la majorité des cadres étaient en état d'arrestation en Algérie. Mes multiples démarches auprès des autorités algériennes m'ont permis de comprendre que ces arrestations n'étaient nullement le fruit du hasard mais le résultat d'une volonté délibérée de la part de l'Algérie de ne pas être exclue d'un processus de négociations. Ce pays voulait conserver son poids dans la sous-région et contrôler le résultat de discussions qui auraient, inévitablement, une influence sur les Touaregs et les Berbères d'Algérie.

À Paris, le problème restait entier : faire venir en France des Touaregs prêts à rencontrer les représentants de Niamey. En quelques jours, il a fallu trouver des cadres touaregs représentatifs de notre peuple, leur fournir des billets et des papiers. Avec nos faibles moyens nous avons jonglé de tous les côtés et réussi à être présents le jour de la rencontre. Nous nous sommes retrouvés face à des ministres nigériens dont beaucoup ignoraient tout du problème touareg. Nous avons cependant abouti à la conclusion d'une trêve et à quelques démonstrations de bonne volonté qui ont permis de faire avancer le dossier. Un pas important était franchi : la France et l'Algérie se partageaient les offices de médiateurs.

Au Niger, la date des élections présidentielles et législatives mettant fin à la transition était fixée au printemps 1993. La France, fidèle aux engagements du président Mitterrand à La Baule, appuyait le Niger dans son processus de pluralisme politique et de démocratisation. Dans ma chambre parisienne, je pensais à toutes les voix des cadres politiques touaregs qui du fond de leurs cellules nigériennes ne participeraient pas à ce concert démocratique. Bien sûr, je continuais à œuvrer dans la logique du dialogue et de la restauration de la paix, mais coincé entre les obligations morales de la France, la mauvaise foi ou l'impuissance des dirigeants de mon pays et le malheur qui accablait mon peuple, je me sentais souvent complètement désarmé.

J'ai passé le réveillon de la nouvelle année 1993 en compagnie de mes anciens compagnons du Paris-Dakar, dont le départ s'effectue traditionnellement depuis Paris le 1er janvier. Là, j'ai retrouvé tous ceux qui n'avaient cessé d'accompagner ma lutte, ceux qui avaient partagé les années de joie et d'espoir à mes côtés et qui dans le malheur répondaient présents à l'appel du cœur. Mais malgré leur soutien et leur amitié, malgré la solidarité de tous ceux qui m'avaient épaulé pendant ces longs mois passés en Europe, je savais que ma place était désormais parmi les miens. Il ne me restait plus qu'à rejoindre la rébellion pour tenter une ultime solution de dialogue sur le terrain. Ensuite, il faudrait me résoudre à prendre les armes.

Le 2 février 1993, un avion m'a déposé en plein désert du Ténéré. Kriska et Idil, que l'Algérie avait enfin libérés, m'accompagnaient dans cette liaison aérienne insolite Paris-Ténéré. Dans l'avion, il y avait deux véhicules tout-terrain chargés. Profondément ému de retrouver ce désert que j'avais quitté près d'un an plus tôt, je savais que cette mission serait des plus difficiles. Il nous fallait avant tout retrouver la rébellion qui avait déménagé ses bases peu avant notre arrivée. Bien sûr j'avais essayé d'envoyer à Mohammed Ixa des messages codés pour le prévenir, mais, plus tard, tous devaient m'avouer qu'ils n'avaient guère cru à mon histoire de passagers et de véhicules tombant du ciel en plein Ténéré.

Après une journée de recherches dans les dunes et les ergs, nous sommes arrivés devant une barrière en bois posée sur deux fûts. Immédiatement, nous avons été encerclés par un groupe de rebelles armés. Passé un court instant d'hésitation et d'incrédulité, ce fut la joie des retrouvailles. La majorité des combattants de ce camp étaient des Iforas, ce que nous ignorions totalement car nous ne connaissions pas ces nouvelles positions. Un peu plus haut dans l'oued de Charchif se trouvait un autre groupe, celui des Touaregs de l'Azawagh. Rhissa Ag Boula et les tribus du nord de l'Aïr étaient installées à Taghajit. De telles séparations m'inquiétaient. Je redoutais un éclatement de la rébellion sur des bases tribales. Ma déception était d'autant plus grande que je m'attendais à voir un groupe uni et homogène luttant pour la même cause et le même peuple. Ces divisions internes me rappelaient celles du temps de la révolte de Kaocen en 1917. Cette triste répétition de l'histoire m'attristait profondément. N'avions-nous retenu aucune leçon de notre passé ?

Avec Kriska, nous avons mené une longue réflexion afin d'éviter une rupture qui aurait de graves conséquences pour la cause touarègue. Je suggérai lors d'une réunion que les groupes déjà existants soient transformés en compagnies qui bénéficieraient d'une certaine autonomie. Je proposai de plus d'instituer un état-major commun constitué par les responsables des trois compagnies (Aïr — Azawagh — Ténéré). Cela permettrait d'éviter l'éclatement tout en acceptant et en reconnaissant les entités et sensibilités régionales.

Ce projet a été rejeté et taxé de séparationniste

par ceux qui justement luttaient secrètement pour diviser la rébellion. Ils m'ont même accusé par la suite d'être à l'origine de l'éclatement du FLAA. Certains, trop habitués à commettre impunément des exactions, n'appréciaient pas non plus mon exigence de voir cesser toute attaque contre les civils. Je demandai la restitution de tous les biens dérobés, notamment aux coopératives villageoises et, en ce qui concernait les véhicules, aux Arabes de l'Azawagh. Une telle volonté faisait de moi l'ennemi des quelques têtes brûlées qui avaient infiltré la rébellion pour rançonner les populations. Décidément, il fallait tout faire pour unir et assainir la rébellion sans quoi nos ennemis de toujours n'hésiteraient pas à invoquer ce cliché péjoratif hors d'âge qui fait de tout Touareg un guerrier pillard indépendant et incontrôlable.

Je ne perdais pas de vue que la première des raisons pour laquelle j'avais décidé de rejoindre mon pays était la libération de tous les civils touaregs encore emprisonnés. Pour cela, il fallait maintenir coûte que coûte le contact avec la médiation afin de poursuivre le processus de paix. Grâce à une radio BLU et un abonnement au service de Saint-Lys radio à Toulouse, je restais en contact avec le monde extérieur. Quelle étrange sensation que de pouvoir appeler ainsi le monde entier depuis les dunes du Ténéré !

Nous avons pris rendez-vous avec l'équipe de médiation française qui est venue nous retrouver en plein milieu du désert pour de premières discussions. Ce fut un moment inimaginable : le gros porteur Transall zigzaguant entre les dunes s'est posé dans un espace sablonneux, entre nos jeeps et nos combattants.

Situations irréelles et anachroniques. Une couverture touarègue a été étendue à l'ombre d'un acacia qui abrita ces premières discussions graves et diplomatiques. Les médiateurs français nous ont soumis les propositions du gouvernement nigérien : nous devions procéder à la libération des prisonniers de la rébellion pour obtenir celle des civils touaregs détenus dans les cellules de notre pays. Révoltés par un tel marchandage, nous avons refusé d'échanger des civils innocents, citoyens nigériens, contre des militaires, des gendarmes et des gardes pris l'arme à la main.

L'absurdité d'un tel chantage a bloqué la discussion et l'avion a repris son envol à travers le Ténéré. Nous avons médité et étudié longuement la meilleure position à adopter. Notre réflexion a abouti à la conclusion qu'il fallait attendre les élections, dont la date approchait, afin de pouvoir discuter sérieusement avec un interlocuteur unique, légitimement élu. Pour permettre la bonne tenue des élections et calmer les tensions, nous observerions une trêve unilatérale. Le médiateur français nous a demandé de faire un geste supplémentaire en libérant nos prisonniers. Nous avons accepté, non sans heurts en notre sein.

Comme prévu, le gouvernement de transition a tenté de faire croire à l'opinion nigérienne que ce geste humanitaire n'était en fait qu'un échange de prisonniers. Ma seule consolation restera l'image de ces vingt-deux captifs se dirigeant vers l'avion qui les ramenait vers leurs familles, après plus d'un an d'absence. Cette libération s'est opérée dans un climat de joie et d'émotion. Joie de la libération et des retrouvailles à venir. Émotion de se séparer des rebelles avec qui ces prisonniers avaient partagé une tranche de vie intense et pour finir quasi amicale. Le lendemain, ils ont raconté à la télévision nationale les bons traitements qu'ils avaient reçus de la part des rebelles malgré les conditions extrêmes. À Niamey, de telles amabilités à l'égard de ceux considérés comme les ennemis de la Nation n'ont pas été du goût de tout le monde...

Les Touaregs que le gouvernement prétendait avoir échangés n'étaient, quant à eux, pas tous libérés. Certains d'entre eux étaient retenus en otages à la prison de Niamey par les prisonniers de droit commun ! En fait, des pressions politiques s'exerçaient pour qu'aucun des cadres politiques touaregs susceptibles de se présenter aux élections présidentielles ou législatives ne soit libéré à temps pour y participer. Mais l'astuce politique a été vite trouvée : on les a libérés provisoirement, ce qui les privait de tout droit électoral. Aucun d'entre eux n'a pu se présenter ou voter lors des premières élections démocratiques que connaissait notre pays. Sans candidats, point d'élus. Les Touaregs n'ont eu aucun siège à la nouvelle Assemblée nationale. Beau travail politique de nos adversaires pour nous museler et nous marginaliser davantage.

Le président, M. Mahamane Ousmane, a été élu en avril 1993 grâce à la coalition d'une multitude de petits partis. Au moins avions-nous évité le retour au pouvoir de l'ex-parti unique, le MNSD, aux méthodes radicales dignes de l'extrême droite européenne. Par ce jeu d'alliances, le nouveau président ne bénéficiait que d'une marge de manœuvre très réduite et n'était pas à l'abri des susceptibilités d'une armée toujours prête à se mutiner. Voilà qui n'allait pas simplifier le processus de négociation.

Nous étions maintenant en juin 1993. Les premières pluies tombaient. Les oueds redevenaient rivières, les pâturages verdissaient et la vie — une fois encore — reprenait le dessus dans les campements de l'Aïr et de l'Azawagh.

Une partie de la résistance, notamment mon groupe et celui de Rhissa, a déménagé plus au sud. Le groupe de l'Azawagh est resté dans le Greboun. La séparation était totale bien que tout le monde se soit battu contre l'éclatement. Le médiateur français nous a invités à nous rendre à Paris pour négocier. Je dirigeais une délégation composée de Kriska, Anako, Bella et Issouf, représentant l'ensemble de nos sensibilités.

À Paris, nous avons retrouvé la délégation gouvernementale conduite par le vieux Maï Maïgana, un homme calme, sage et intelligent. Les discussions ont été dures et rudes. Au bout de cinq jours, M. Maïgana a dû repartir vers Niamey consulter le gouvernement. À son retour, il nous a annoncé que l'ensemble des résolutions présentées étaient acceptées par le Niger.

Il s'agissait notamment de la libération de tous

les Touaregs encore détenus, de la mise en place par le médiateur d'une aide d'urgence aux populations en difficulté, du départ de l'armée des régions du Nord et de son retour dans ses casernes, de la fin de l'état d'urgence dans le Nord et de la signature d'une trêve de trois mois.

Dès la signature de l'accord, Radio France Internationale diffusa une déclaration de Rhissa Ag Boula, transmise depuis Djanet par Ewanghé, rejetant cette trêve. C'était le coup le plus grave porté à l'unité de notre mouvement. Nous voulions croire que Rhissa, bien représenté dans notre délégation, ne pouvait être l'auteur d'une telle intervention. Mais à notre retour le désenchantement fut grand.

Le FLAA revendiqua ce communiqué. Le groupe de l'Azawagh s'était scindé en notre absence, pour créer son propre front, l'ARLN (Armée Révolutionnaire de Libération du Nord Niger). L'éclatement tant redouté n'avait pu être évité.

La France a tenu sa promesse et a mis en place à Arlit une cellule composée de neuf militaires, contact entre nous et le gouvernement nigérien.

Le groupe de Rhissa et l'ARLN, avec Attaher à sa tête, se sont tournés vers l'Algérie. La rébellion est tombée dans le terrible jeu des luttes d'influence et de ses tiraillements. Mes frères de lutte de ces deux courants criaient haut et fort en Algérie et en Libye que j'étais devenu exagérément « pro-français ». Perdant tout espoir de voir nos mouvements unis à nouveau et tenant à honorer les engagements pris lors des négociations à Paris, je créai le Front de Libération Temoust (FLT).

À chacune de mes tentatives de rapprochement, Rhissa et Attaher se trouvaient à Alger. Le 15 août 1993, le FLT a rencontré seul, dans l'Aïr, une délégation gouvernementale afin de faire le point sur l'application des points d'accord.

Les rapports entre les trois fronts sont restés tendus jusqu'en octobre 1993 quand tous ont accepté l'idée d'une coordination commune. Dès lors les cœurs et les esprits étaient libérés du terrible poids de la division et des luttes fratricides. Toute la communauté touarègue du Niger a fêté l'unité retrouvée car les dissensions se transposaient aussi dans les campements et dans les tribus. Le médiateur et le gouvernement nigérien se sont félicités de cette union qui permettait la reprise du dialogue.

La Coordination de la Résistance Armée (CRA) a élu un bureau dont j'étais président et arrêté un programme d'action politique et militaire commun. Nous avons désigné la France comme pays médiateur principal, auquel l'Algérie et le Burkina Faso étaient associés. Une rencontre a été prévue à Ouagadougou pour le mois de février 1994.

Ces événements coïncidaient avec la fin de la médiation de la DGSE. Le dossier passait aux mains des fonctionnaires du Quai d'Orsay. D'une médiation assurée par des hommes de terrain efficaces, qui comprenaient bien que le premier ennemi à combattre dans leur délicate mission était le temps et l'enlisement, nous sommes passés à une médiation plus officielle et plus diplomatique mais quelquefois trop éloignée des réalités du terrain. Le

Quai d'Orsay a nommé médiateur M. Nodinot, un ancien ambassadeur.

Le président Blaise Compaoré nous a accueillis lors de notre arrivée à Ouagadougou. La délégation touarègue était heureuse de présenter cette image d'unité. Les choses se sont compliquées quand la délégation gouvernementale est arrivée avec une dizaine de vieux Touaregs. Manière maladroite de faire croire que Niamey avait aussi « ses » Touaregs. Les vieux Touaregs, gênés, nous ont expliqué que le gouvernement leur demandait de venir témoigner des accords qui allaient être signés.

Passé cet inutile accroc, restait le difficile travail de se mettre d'accord sur les pays officiellement médiateurs. Le choix de la France était évident pour les deux délégations concernées à cause de sa responsabilité historique au Niger. De plus les problèmes internes en Algérie laissaient craindre que ce pays ne puisse s'investir complètement dans la médiation. Mais l'Algérie n'entendait pas se laisser déposséder d'un dossier qu'elle jugeait trop sensible pour ses intérêts propres. Après de multiples apartés et appels téléphoniques vers Paris et Alger, j'ai proposé un compromis.

Nous avons préparé deux documents. Le premier désignait la France comme pays médiateur pour les délégations et le second, rendu public, annonçait la création d'un comité de médiation composé de trois pays : l'Algérie, le Burkina Faso et la France. Néanmoins, l'Algérie a refusé de signer le premier document. Nous nous sommes quittés sur ce statu quo, frustrés de n'avoir pas pu aller plus en avant dans le règlement politique de notre problème.

La rencontre suivante, prévue à Paris, a été sans cesse reportée. Sur le terrain la tension montait. Les hostilités ont repris. La rébellion, dans un raid audacieux, frappa les mines d'uranium d'Arlit. L'armée allait sûrement tenter des représailles. Nous étions tous en alerte maximale. Durant douze jours, a soufflé un vent de sable donnant aux arbres et aux rochers des allures fantomatiques. Nous avons multiplié les attaques et l'armée, peu à son aise dans le labyrinthe des montagnes de l'Aïr, est souvent demeurée impuissante. Chaque semaine passée compromettait un peu plus le fragile dialogue que nous avions pu amorcer.

Les négociations suivantes ont finalement eu lieu à Paris en juin 1994. Nous y sommes allés dans de bonnes dispositions et conscients de la nécessité d'avancer des propositions tangibles. Nous apportions un projet politique visant à rétablir au plus vite la paix dans notre pays. Ce projet soulignait notre volonté de créer au Niger un système de gestion politique qui reconnaîtrait le droit à toutes les communautés nationales de se développer dans le respect de leurs spécificités et de leurs identités culturelles. Pour ce faire, nous avons proposé de redéfinir un découpage administratif et de donner aux régions la possibilité de s'autogérer à travers des assemblées et des représentants élus. Le gouvernement central garderait certaines de ses prérogatives telles que l'armée, la politique étrangère, la monnaie et un certain contrôle sur les décisions prises par les assemblées régionales.

Ce projet a suscité beaucoup de discussions et de controverses. Il nous ramenait plusieurs années en arrière, à l'époque où, déjà, nous prônions un certain type de fédéralisme. Mais le chemin parcouru depuis avait été semé de heurts, de malheurs, d'injustice et de misère.

La réunion de Paris s'est terminée sur un demi-échec. Chacun est rentré chez lui en campant sur ses positions. Pourtant, un certain rapprochement s'est opéré entre la délégation gouvernementale et celle de la CRA. Le jour du départ, un repas a réuni les délégations et les médiateurs. Pour la première fois, je pris la parole au nom de nos deux délégations. Bien sûr il ne s'agissait que de remerciements et de paroles sur la rencontre future, mais je pense que la symbolique en était bien plus profonde.

Nous sommes rentrés dans notre désert, retrouver les combattants mais aussi tous les Touaregs de notre pays qui attendaient tant de chacun de ces rendez-vous. Il a fallu recevoir les réponses du gouvernement, étudier les concessions que nous étions prêts à accepter pour obtenir enfin un réel espoir de paix. L'été est arrivé, annonçant la saison des pluies, mais aussi un temps d'arrêt dans le processus, dû au ralentissement de la vie politique durant ces mois de vacances en Europe et en Afrique.

Dans mes rares moments de solitude, entouré des montagnes de l'Aïr et des dunes du Ténéré qui m'avaient vu grandir, je pensais à nouveau qu'aucun homme ne peut s'épanouir dans une peau culturelle qui ne serait pas la sienne et qu'on chercherait à lui imposer. Que c'est de la différence que naissent la richesse et la force. Je me rappelais tout ce que j'avais appris de mon enfance, de mes voyages, de mes rencontres, de mes amis et de mes combats. Là, contemplant l'immensité de mon désert, je savais que chacune de ces découvertes m'avait enrichi mais qu'au plus profond de moi-même je ne serais jamais ethnologue, directeur d'agence de voyages, pilote de rallye ou héros médiatique. Je resterais pour toujours l'enfant des sables et de l'école du désert.

Pendant ces mois d'été, la CRA a attaqué plusieurs objectifs stratégiques pour pousser le gouvernement et la médiation à reprendre au plus vite les négociations. La tension montait chaque fois d'un cran. Au fond de moi je sentais que nous étions arrivés au point de non-retour. Étions-nous enfin prêts à nous entendre ou étions-nous allés trop loin pour pouvoir espérer aboutir à une paix négociée ?

À la fin du mois de septembre 1994, nous nous sommes retrouvés à Ouagadougou. Pour beaucoup d'entre nous, cette rencontre était celle de la dernière chance. Nous ne pouvions plus rentrer chez nous en promettant à nos frères et à notre peuple d'hypothétiques prochaines négociations.

Quelques jours après notre arrivée, le gouvernement de Mahamane Ousmane a démissionné, mettant fin à une fragile coalition. La délégation gouvernementale est rentrée à Niamey pour des consultations avec le président. Décidément, la situation politique au Niger ne jouait pas en notre faveur.

Pourtant le 4 octobre nous avons repris nos travaux. Il y a eu, lors de ces journées, une réelle volonté d'aboutir de la part de chacun des participants. Les négociations duraient tout le jour et parfois jusque tard dans la nuit. Après chaque journée de travail, les médiateurs étudiaient en toute impartialité les possibilités de trouver un compromis à nos positions respectives. Le 7 octobre, les discussions ont cessé à cause d'un article de l'accord que la délégation gouvernementale refusait d'entériner. Le 8, nous nous sommes réunis, conscients d'être au bord de la rupture définitive. Les discussions ont duré douze heures et les médiateurs ont travaillé à la rédaction d'un accord jusqu'au petit matin.

Le 9 octobre 1994, après trois années d'une terrible lutte, nous avons signé, sous le regard du président burkinabé Blaise Campaoré, l'*Accord de paix entre le gouvernement de la République du Niger et la Coordination de la Résistance Armée.*

En plusieurs titres, nous jetions ainsi les bases d'une nouvelle organisation régionale dans le respect de la Constitution de notre pays, nous définissions des mesures d'urgence et des dispositions finales visant à nous permettre de pouvoir vivre chez nous, au Niger, dans un climat de paix et d'équité entre toutes nos communautés.

Ce jour-là, a commencé le travail le plus difficile mais aussi le plus motivant qui soit : construire la paix. Pour appliquer cet accord, la lutte a repris mais sur un autre terrain, celui de la reconstruction. Il va nous falloir lutter longtemps pour créer des écoles, des dispensaires, des unités de santé mobiles, des projets d'artisanat, de tourisme, pour développer nos ressources et en vivre librement en tant que citoyens nigériens. Une fois encore, je sais que nous pourrons compter sur tous nos amis, hommes et femmes de bonne volonté, qui connaissent, partagent et apprécient la valeur de mon peuple et de sa culture.

Nous aurons besoin de toutes les énergies et je sais que chaque Touareg les a au fond de lui. Ce sont elles qui nous ont permis de vivre ces terribles années de conflit, de surmonter la désunion, de nous battre et d'en arriver à cette paix. C'est de cette formidable résistance à la souffrance et aux injustices que nous renaîtrons toujours, comme renaît la vie dans notre désert hostile après chaque saison des pluies.

Quand du haut de mon rocher je regarde ce désert qui a vu voyager mon père, et avant lui le père de mon père, et tous les pères de mes frères touaregs, je sais que c'est de lui que nous tirerons la force et la sagesse nécessaires à construire le monde dont nous rêvons pour nos familles et pour nos enfants.

Épilogue

Les accords de Ouagadougou ont posé les jalons de ce qui devint les accords de paix définitifs entre le gouvernement nigérien et la rébellion touarègue. La signature officielle des accords eut lieu le 24 avril 1995. Après avoir hésité, Mano Dayak participa à la cérémonie, dans l'intérêt de la paix dont il avait été le principal artisan.

Mais en décembre 1995, les accords étaient restés lettre morte. Mano a donc décidé d'aller convaincre le Premier ministre du Niger d'appliquer les accords. Le 15 décembre, Mano est monté dans l'avion avec la conviction d'aller vers une paix durable. Le Cessna a explosé au décollage.

Témoignages

Mohamed Akotey

« Sauvez votre ami, même si cela entraînera votre perte. » Jusqu'aux derniers instants de sa vie, Mano aura fait sien ce proverbe. Néanmoins, par « ami », il entend d'abord « frère de sang » car il fut le défenseur déterminé de la cause de son peuple. Les Touaregs et le désert ont non seulement perdu leur fils, mais aussi leur plus grand avocat. En effet, Mano aime autant sa communauté que l'espace sur lequel elle habite. Les pasteurs nomades dont il est issu sont aujourd'hui très fragilisés, tant le monde qui les entoure est agressif et d'une logique destructrice implacable. Leurs jours en tant que société distincte et attachée à ses valeurs sont comptés. Comment alors ne pas réagir quand l'existence de ce qui vous est le plus cher est menacée ? Mano a eu le mérite de s'être posé la question très tôt. Il s'est toujours senti concerné par le désarroi des jeunes Touaregs et notamment de ceux qui ont connu le traumatisme de l'exil. Son engagement dans la rébellion armée tient moins à son envie de faire la guerre qu'à sa préoccupation de faire la paix. Il a toujours considéré que les jeunes sont plus utiles vivants que morts.

Aujourd'hui, il peut dormir au paradis en paix, le problème touareg est connu dans le monde entier et, pour couronner le tout, des processus de paix sont en marche au Niger et au Mali. Cette paix sur le sentier de laquelle il a rendu l'âme permettra aux Touaregs de retrouver leur place au sein des communautés nationales. Son combat n'a pas été vain. Puisse Dieu lui pardonner ses fautes et le désert dans son immensité lui offrir le repos éternel, le repos du héros.

Mohamed Akotey est nigérien, étudiant en sciences politiques à Paris. Mano Dayak lui avait conseillé de poursuivre ses études et de ne pas rejoindre la rébellion. Il vient d'être élu secrétaire général du F.L.T., à la place de Mano Dayak.

Allhousseini Mouloul

Celui que nous appelions respectueusement « Amghar » vient de nous quitter, la mort l'a prématurément arraché à notre amour et à l'affection de tous ceux qui l'ont connu.

Mano Dayak était un homme hors du commun ; il alliait la bonté à la générosité, la disponibilité à la cordialité, la franchise à la sensibilité. Il était d'une simplicité exemplaire qui lui a valu la confiance et l'admiration de tous ceux qui l'ont approché.

Profondément touareg, il aimait par-dessus tout son peuple et son pays ; il chérissait l'Aïr et le Ténéré qu'il a fait découvrir au monde entier et qu'il a su faire aimer.

Très tôt, Mano a pris fait et cause pour son peuple, d'abord pour faire face aux dures épreuves de la sécheresse et des famines en menant des campagnes de sensibilisation de la communauté internationale, ensuite en combattant les injustices, les exclusions et les massacres.

Profondément pacifiste, tous les combats de Mano ne visaient qu'à sensibiliser l'opinion publique afin que justice soit rendue et les droits de l'homme respectés.

Mano, moi qui te connaissais depuis notre tendre enfance, depuis toujours, moi qui ai eu le privilège de figurer parmi tes confidents, il était de mon devoir de témoigner de ce que tu as été.

Sacrifice suprême, « Amghar », tu as donné ta vie pour ton peuple afin qu'il recouvre sa dignité, sa liberté et la paix. Lorsque je te revis pour la dernière fois, en août 1995, j'ai vu que tu étais resté fidèle à ton idéal, tel que je t'ai toujours connu. Ton combat n'aura pas été vain, et nous garderons de toi un souvenir inoubliable. Tu seras toujours présent en nous.

Comme tu aimais le répéter, « Allah est grand ». Homme de paix, repose en paix et que la terre te soit légère. Amen.

Allhousseini Mouloul est ancien secrétaire d'État au Plan et ancien ambassadeur du Niger.

Jean-Marc Durou

Il n'est pour moi rien de plus inconcevable qu'une vie sans amitié, cette amitié si convoitée qui échappe à bon nombre d'entre nous. Pour mon plus grand bonheur, Mano fut l'une des personnes avec qui j'ai eu la chance de partager ce sentiment.

Dès le premier jour, dès notre rencontre, il y a vingt-deux ans déjà, notre entente fut réelle, sans doute par la grâce de notre passion commune : le désert, son désert.

Comme beaucoup de ses vieux amis, j'avais la chance de l'apercevoir au cours de brefs dîners à Paris ou de le croiser à Agadez. Aussi à l'aise dans le désert que dans les soirées parisiennes, Mano naviguait de l'un à l'autre avec un mot juste pour chacun. Son exceptionnelle capacité d'attention charmait toute personne qui l'approchait. Doué d'une intelligence remarquable, Mano puisait une force hors du commun dans ses deux cultures : celle de l'homme du désert et celle de l'Occident, qu'il avait si bien su adopter.

Son intégration parfaite dans le monde occidental faisait presque oublier à certains que Mano demeurait profondément africain dans son cœur. Certains Européens le prenaient pour l'un des leurs, certains Africains le critiquaient pour sa trop grande assimilation. Tous se trompaient. Mano était avant toute chose fier de son appartenance au peuple touareg et nigérien.

Le Paris-Dakar a changé d'âme et d'orientation après la mort de son ami Thierry Sabine : Mano, lui, revenait lentement vers son peuple et son désert.

Les années qui passaient ont fait naître une véritable affection entre nous. Quoi d'étonnant ? Nombreux sont ceux qui l'approchèrent et éprouvèrent ce sentiment pour lui. Un homme de cette trempe ne peut laisser indifférent. Un jour, vous en venez forcément à le considérer comme de votre propre famille. Je voudrais aujourd'hui faire vivre Mano à travers trois souvenirs. Mano, c'était cet homme dans son bureau de l'agence Temet à Agadez, qui passait toutes ses journées au téléphone, organisant, décidant, tranchant dans des problèmes de rallyes, de films et d'expéditions sahariennes. Un véritable homme d'affaires. Et puis tout d'un coup, un changement d'attitude complet : un vieux dignitaire Touareg entra dans la pièce pour lui demander un conseil. Avant même d'avoir posé le téléphone, Mano redevint l'homme du désert, prêt à écouter dans le calme ce frère sans doute venu à chameau d'un lointain oued de l'Aïr.

Mano, c'était la bonne humeur, les rires. Il aimait la vie, et cela ne lui venait pas de l'Occident mais de sa culture touarègue. C'est très difficilement concevable depuis nos pays confortables, mais les Touaregs, ces hommes qui vivent dans des conditions extrêmes, à la limite de la survie, ne sont ni sombres, ni sinistres, ni pessimistes. Ils savent, et aiment, rire et chanter.

Mano, c'était un dernier coup de téléphone, quelques jours avant sa mort. Pour la première fois depuis bien des années, il était heureux et sans cesse le mot « paix » parvenait jusqu'à moi, quasi inaudible dans la friture de son téléphone de campagne.

Aujourd'hui, je souhaite que sa volonté d'aboutir à la paix soit entendue. C'est le plus beau cadeau que l'on puisse faire à Mano, Mano qui a donné sa vie pour la liberté de son peuple.

Jean-Marc Durou est ancien guide saharien, grand photographe du désert et auteur de treize ouvrages.

Paul Faizant

Suzel, ma femme, et moi avons rencontré Mano en août 1972 au bordj du Père de Foucauld. J'ai gardé de ces journées, de ces souvenirs, un film de 8 mm. Je ne savais pas alors que ce petit bout de film nous ferait pleurer. Jusque-là nous étions simplement heureux et, disons-le, très fiers d'avoir fixé Mano sur la pellicule. Quand nous avons repassé ces images, on entendait : « Mano n'a pas changé, toujours cette même noblesse, ce même sourire, ce même regard. »

Je n'avais pas vu alors que ce regard était habité de rêves qui croisaient ceux de Martin Luther King, rêves de dignité, de liberté, de paix pour son peuple. Dans *Les Enfants du Paradis,* il est dit : « Les gens n'aiment pas qu'on rêve, alors ils nous cognent dessus. »

« Cogner ! » Il est des coups que Mano relate avec humour. Dans sa lettre d'Indianapolis du 26 août 1973, Mano nous écrivait : « J'ai reçu votre lettre du 18 juin. Elle m'a attendu pendant deux mois, à la maison ! Du Canada j'ai dû partir aux Antilles pour y faire une demande de visa pour le Canada ; car il a fallu sortir du pays pour faire sa demande de visa ! »

« Cogner ! » Il est des coups qu'il relate avec découragement. Dans la lettre du 27 février 1979 : « Chers amis, enfin j'arrive à vous écrire. Quelques problèmes de travail m'ont laissé dans une situation tellement confuse que je ne savais pas quoi donner comme nouvelles. En effet, peu de temps après votre départ d'Agadez, j'ai appris que le ministre de l'Intérieur s'opposait à mes projets de création d'une agence de voyages à Agadez. Et depuis j'ai entrepris de nombreuses démarches pour arriver à savoir pourquoi. Et finalement j'ai dû abandonner tout cela. J'ai été obligé d'abandonner Agadez (non sans peine) pour venir à Niamey où je suis plus anonyme. »

Mano ne sera jamais anonyme. Les coups n'ont pas suffi. Aujourd'hui Mano n'est plus. Nous nous sommes enrichis auprès de lui. Il nous entraînait dans sa confiance en la vie. Il rendait pacifique. Il portait en lui le don de la Paix. Je n'aime pas du tout ce terme de rebelle qu'on lui accole. S'il était rebelle, c'est à la vengeance, à la violence.

Paul Faizant est enseignant.

Mohamed Ixa

Mano, mon frère, c'est parfois moi qui retrouvais la bonne piste quand nous allions tous deux dans le désert. Mais sur la piste de ma vie, c'est toi qui as été le guide. Tu es mort pour que l'homme bleu chemine libre et en paix dans son désert. Tu es mort pour que les Fils d'Imuar soient maîtres de leur destin.

Allah est grand, Mano — et le vent qui souffle sur le Ténéré n'effacera jamais ton message.

Mohamed Ixa est un guide touareg.

Moustapha Liman Chaffi

Au temps de l'Arabie préislamique, un homme, Hatem, était considéré dans le monde arabe comme le symbole de la générosité. Il était également réputé pour la splendeur d'un cheval pur-sang que les gens venaient admirer des régions les plus reculées.

Un groupe venu des confins de l'Arabie arriva un soir chez Hatem dans l'intention d'acheter le pur-sang au prix fort. Leur hôte, qui avait tant donné, n'avait pas de quoi nourrir ces voyageurs affamés. Sans le leur dire, il fit abattre le pur-sang dont ils firent bombance.

Après le festin, les visiteurs expliquèrent à Hatem qu'ils étaient venus acheter son fameux cheval :

— Votre prix sera le nôtre.

— Hélas, gémit Hatem, il est mort voilà quelques jours...

Mon ami, mon frère Mano Dayak, a lui aussi distribué tous ses biens. Sa générosité en fait, à l'aube du deuxième millénaire, l'égal de Hatem.

Mano, éperdu de paix et de justice, n'a sacrifié

ni son cheval, ni son chameau. Il a donné sa vie, pour cette paix, pour cette justice, pour ce peuple touareg dont il était l'incarnation exigeante et sereine.

Voici, avec son humilité et sa modestie lucides, quelques mots qu'il écrivit sur ce monde où il naquit, où il mourut et où il est aujourd'hui enseveli :

« Le désert ne se raconte pas. Il se vit. À l'image de la terre qu'il habite, le Touareg a su se faire humble pour survivre mais aussi austère et fort pour se défendre.

« C'est le désert qui m'a enseigné cette communication avec l'infini mystérieux. Le désert c'est le mystère du vent qui chasse devant lui les dunes et qui leur donne les formes les plus étranges avec les lignes les plus pures. »

Les lignes les plus pures... Mano, mon frère crucifié par un avion sans doute trop lourd avait dans son cœur, dans sa voix, sur son visage, dessinées par l'architecte du monde, les lignes de la droiture, du courage, de la tolérance.

Mano est mort, main tendue vers la paix. Il ne nous a pas abandonnés, mais moi, son ami, son frère, devant les dunes poussées par le vent mystérieux, je me sens aussi abandonné qu'un orphelin.

Touareg, Moustapha Liman Chaffi est un ami d'enfance et un des plus vieux compagnons de route de Mano Dayak.

Postface

Le désert

Ce texte de Mano Dayak, tiré de l'ouvrage Sahara, la passion du désert *de Jean-Marc Durou* (Éditions de La Martinière), *a été lu lors de la cérémonie célébrée à Paris en sa mémoire.*

Le désert ne se raconte pas, il se vit. Alors, comment trouver les mots qui pourraient traduire cette passion que le nomade éprouve pour son désert ? Pour ceux qui n'y ont pas vécu, il apparaît comme un grand espace vide, tandis que pour nous il est infiniment vivant. Comment expliquer cet amour que nous portons à cet environnement si aride et si difficile ?

L'homme est toujours profondément marqué par la terre qu'il habite. Toute sa personnalité est forgée à l'image de cette terre. En cela, le désert reste l'exemple le plus parfait de cette adaptation, de cette intégration de l'homme à son milieu. À l'image de la terre qu'il habite, le Touareg a su se faire humble pour survivre, mais aussi austère et fort pour se défendre. Il sait que, pour survivre, il doit s'adapter au désert, le comprendre, l'écouter. Car le désert sera toujours plus fort que l'homme. Il faut donc, pour y vivre, autant de simplicité que de courage.

Le désert est pour moi extrêmement beau et pur, à la fois bouleversant et magique. Chaque fois que je me retrouve face au désert, il m'entraîne dans cet émouvant voyage en moi-même où s'entre-choquent de nostalgiques souvenirs, les angoisses et les espoirs de la vie.

C'est le désert qui m'a enseigné cette communication avec l'infini mystérieux. Le désert, c'est le mystère du vent qui chasse devant lui les dunes et qui leur donne les formes les plus étranges avec les lignes les plus pures.

C'est le mystère de l'acacia perdu au milieu de ces étendues de sable comme l'oublié d'un autre temps.

C'est le mystère de cette touffe d'herbes surgie de nulle part, poussant dans le sable surchauffé, fragile et vivace à la fois.

C'est l'herbe qui griffe le sable de signes cabalistiques, brin d'herbe devenu dans mon imaginaire le porte-plume des génies dessinant des messages comme autant de signes du destin.

C'est encore le mystère de ces orages surgis de nulle part pour déverser leurs cataractes d'eau comme autant de torrents de vie.

C'est enfin le mystère de la gazelle, fragile et gracieuse, fugace apparition, et le mystère de l'addax, puissant maître de ces lieux, seul détenteur du savoir absolu car seul être vivant qui puisse tenir plusieurs années sans boire la moindre goutte d'eau. Il est aussi le seul qui ne respecte pas notre loi d'habitants du désert : « *Aman Iman* », « L'eau, c'est la vie ». Pour l'addax, qu'importe l'eau, il vit.

Le désert, c'est tous ces miracles à la fois, autant de sujets d'émerveillement qui nourrissent cette passion qu'éprouve le Touareg pour le désert. Pour nous, nomades, il n'existe rien au monde de plus émouvant, de plus passionnant qu'une caravane sinuant dans les sables ; rien de plus émouvant que la poésie d'un campement nomade à la tombée de la nuit, quand les feux s'allument, que les troupeaux rentrent. Cette heure sacrée pendant laquelle les dunes et le ciel joignent leurs couleurs embrasées par le soleil couchant.

Qu'est-ce qu'un homme peut désirer de plus lorsqu'il a le privilège de s'endormir chaque soir sous un ciel protecteur, un ciel semé de plusieurs millions d'étoiles qui se sont allumées pour illuminer ses rêves ?

Le désert, c'est, pour nous nomades, une passion profonde et absolue, des images que même la mort ne peut avoir le droit de nous enlever un jour. Le désert semble éternel à celui qui l'habite et il offre cette éternité à l'homme qui saura s'y attacher.

MANO DAYAK

Cet ouvrage a été réalisé par la
SOCIÉTÉ NOUVELLE FIRMIN-DIDOT
Mesnil-sur-l'Estrée
pour le compte des Éditions Fixot
24, avenue Marceau, 75008 Paris
en janvier 1996

Imprimé en France
Dépôt légal : février 1996
N° d'édition : 36760 - N° d'impression : 33373